小白马

易风图书的卡罗尔·弗兰克、迈克·卡茨和艾丽莎·古铁雷斯，感谢你们多年来的艺术合作、友谊和支持，这对我来说意味着整个世界。

# 凯本的梦想挑战

[加] 辛西娅·纽金特 著 姜怡鸣 译

黑龙江少年儿童出版社

黑版权审字 08-2021-106 号

图书在版编目（CIP）数据

凯朵的梦想挑战 /（加）辛西娅·纽金特著；姜怡
鸣译. -- 哈尔滨：黑龙江少年儿童出版社，2022.4
ISBN 978-7-5319-7477-2

Ⅰ.①凯… Ⅱ.①辛… ②姜… Ⅲ.①儿童小说－长
篇小说－加拿大－现代 Ⅳ.①I711.84

中国版本图书馆CIP数据核字(2021)第280949号

**凯朵的梦想挑战** KAIDUO DE MENGXIANG TIAOZHAN

［加］辛西娅·纽金特　著　姜怡鸣　译

出 版 人：张　磊
出 品 人：李国靖
特约监制：陈美珍
责任编辑：何　萌
特约策划：韩　优
特约编辑：韩　优
封面设计：陈　飞
版式设计：彭　娟
版权支持：程　麒
出版发行：黑龙江少年儿童出版社
　　　　　（黑龙江省哈尔滨市南岗区宣庆小区 8 号楼 150090）
网　　址：www.lsbook.com.cn
经　　销：全国新华书店
印　　刷：三河市金元印装有限公司
开　　本：880mm×1230mm　1/32
印　　张：8.75
字　　数：138 千字
书　　号：ISBN 978-7-5319-7477-2
版　　次：2022 年 4 月第 1 版
印　　次：2022 年 4 月第 1 次印刷
定　　价：35.00 元

# 目 录

# 目 录

# 1

## 凯朵和展览会

"扑通！"是《小镇报》送到门口的声音！我猛冲向前门，一把抓起报纸，回到客厅坐在地板上，把所有的页面都摊在地上。我的任务是读完报纸上的所有内容，因为我是全家人的信息来源。

《小镇报》是世界上最好的报纸，内容精彩纷呈。我喜欢解"儿童栏目"里的纵横字谜，再翻过页来查看答案。报纸上有分类广告，失物招领，出生、死亡和结婚人员名单等栏目。可以在报纸上获得比赛资讯，在《卡罗尔的建议》专栏进行咨询，还可以剪下超多优惠券。想参加活动的人还可以找到戏剧试镜，或获得参加合唱团或保龄球队的机会。

我一般会先看《少年记者》专栏。虽然读完我会变得比落汤鸡还疯狂，但我好像难以抑制看它的冲动。今年的少年记者是吉米·马荣，也叫"可怕的吉米"。在我小学三年级之后的生活中，他一直都是我的痛点。为了让自己再次冷静下来，我阅读了漫画版块和"儿童栏目"，内容都很不错。最后我读了"家庭娱乐"版块，看到了一个令人兴奋的通知：凯蒂莱维年度展览会开幕了！

"呀！"读到这里我重重扔下报纸跳起来，像爆米花机里滚动的玉米粒一样兴奋。我一边光着脚向门厅蹦去，一边尖叫："妈妈妈妈妈妈……"我冲进厨房，卫斯理在餐桌旁的碎呢地毯上嚼骨头，妈妈在桌子上整理她收集的复古宾果卡。

"妈妈！"

她闻声抬起头对我微笑着，露出黑色的牙齿。她又吃了甘草糖。自从戒了雪茄之后她就养成了这个习惯。抽雪茄是她戒烟计划的第二阶段，吃甘草糖是第三阶段。

"凯朵，你简直像大黄蜂一样行动自如。"

"当然了！妈妈，展览会开幕了！我们今晚去看看怎么样？"

"今晚？凯朵，这好像有点儿太突然了，你也知道大家都有大大小小的事要忙。"她说着看向了复古宾果卡。

"但是，妈妈，报纸上有赠票！"

"赠票？那情况就完全不同了。"妈妈眯了眯眼，轻声说，"今晚我可以……别转了，丫头。"

我停了下来，晃了晃。"真的吗？"我尖声问。

"但是你需要问问家里的其他人，凯朵。爸爸的意见呢？今天是周六，你懂的。"

爸爸有种迷信，他把周五和周六设为居家日，这两天他会待在地下室，守护家里的"主要资源"——火炉、热水器、冰箱、车间和排水道。这样的话万一灾难来袭，他就能拯救我们的家园。剩下的日子里他一般会在房子周围修修补补，焊接奇形怪状的雕塑，把房子粉刷得像帕特农神庙一样。

我在厨房门口转过身，极速冲向地下室。卫斯理叼起了骨头，跟在我身后飞奔。

我趴在地下室门前的地板上。

"爸爸！"我透过门缝大喊。卫斯理把鼻子探进门缝里来回嗅，差点儿把我撞倒，"今晚去展览会怎么样？"

一段寂静后，爸爸的声音从地下深处回弹了上来，像一颗巨大的肥皂泡在颤抖。

"应该可以，凯朵。到晚上我应该差不多干完偷偷摸摸的活儿了。妈妈怎么说？"

"妈妈说今晚你可以的话就可以。"我透过门缝喊道。

"去问问帕特。"

"我已经在去问的路上了！"我继续加速冲向门厅，卫斯理跟着我跑起来，它的大长腿在硬木地板上飞驰。我们在前厅打了个滑，摔在了地板上。

我趴着抬起头向上看。帕特正边观看训练视频边熨着衣服，面容平静。她是我们家的运动员，每周一放学之后她都会进行羽毛球训练。训练间隔期间，她会进行充分的休息，观看训练视频，保持对羽毛球的兴奋程度。她一边看着视频，一边喷洒着上浆喷雾，把她的运动内衣按压成圆锥状，像聚会时戴的小礼帽一样尖。她用力时发出了细微的哼哼声。

"帕特，展览会开幕了！今晚去吗？"

帕特举着上浆喷雾罐的手悬在半空中，转了转眼珠陷入沉思。

"今晚可以的，凯朵。"接着她瞪大了眼睛，冲我打了个响指，像带着魔法，"那些小甜甜圈……"

"是的，帕特，我整整一年都想着那些小甜甜圈。"

"还有现代家居大楼里的神奇产品展示会，可以拿免费的样品。"她一边用手拧着刚刚熨烫好的运动内衣，一边兴奋地说。

"你说中了要点，帕特。"

"还有农业大楼里巨大的奶牛！"她一边兴奋地说着，一边将运动内衣裹在自己的头上，试图将内衣扣系在下巴上。

"巨大的奶牛不算什么！"我在她面前挥舞着报纸说，"今晚有猫的表演，帕特。没有毛的猫。"

帕特尖叫起来，吓到了卫斯理，它也兴奋地叫起来，边叫边绕圈。帕特放下上浆喷雾罐喊道："妈妈，爸爸！走吧。让我们行动起来。"

我们全家都开始动起来，想按照计划的时间出发。当然，我用了不到五分钟就穿好了我的幸运展览服，戴好了我的展览专用棒球帽，然后等了其他人快四小时。

最后我们终于出门，挤进了"伯爵夫人"，也就是我们家古老的史蒂倍克牌轿车，它是世界上最慢的车，帕特和我偷偷叫它"笨史蒂倍克"。卫斯理的四条腿都挤进了车里，用牙齿咬住了扶手。为了把它拽出去，我们又挤出去。我们用尽浑身解数恳求它、威胁它、拽它的颈环的同时拉它的下巴，最后它终于松开牙关，放开了扶手。成功地把哀嚎着的它锁到家里之后，我们回到了车里。爸爸将油门踏板换成了金属的，这样老轿车每小时也能跑到三十千米了。

我太想快点儿到那儿了。汽车在主路上行驶时，我在汽车后座上左摇右晃。我看到一个粉色小象的电子招牌若隐若现，"奇怪吱吱洗车中心"出现在了马路右侧。我停止了晃动，屏住呼吸，希望没人注意到它。我们路过了洗车中心，帕特正在阅读少女爱情小说《我的心在育空悸动》。就在我鼓起腮帮子，松了一口气的时候，帕特突然抬起头来，喊道："洗车优惠券！"

"洗车优惠券。"妈妈边附和边打开了副驾驶面前的储物箱，一堆优惠券像雪山崩塌一样从储物箱里涌出来，掉在了车内的地上。

"洗车优惠券。"爸爸咕哝着，在路口掉头。

我的天哪！我心想。

"伯爵夫人不喜欢洗车，"爸爸警告她们说，"它很害怕那些大型旋转机器。"

但是妈妈和帕特没听进去，她们继续翻找着优惠券。

"购买一箱滋滋葡萄汽水就可以免费洗一次车。"帕特说出了优惠政策，她在福利方面的记忆力很好。

"找到了！"妈妈挥动着那张紫色的优惠券，"我们赚大了。"

"一定要现在洗吗？"我忍不住抱怨起来。如果我不监督大家按计划行事，我们可能永远都到不了展览会了。

爸爸转过身来，隔着眼镜皱起了眉头："凯朵，伯爵夫人可能会害怕洗车，但它也喜欢干净。"

"好吧。"我不情愿地说。

*****

我们还是将伯爵夫人驶进了洗车入口，巨大的刷子凶猛地滚动着，拍打出泡沫。当旋转的海绵条咆哮着拍打在车上，肥皂泡撞击着车窗，水枪和热空气击中车窗时，我们兴奋得尖叫起来。洗车的过程几乎和在展览会上坐游乐设施一样令人兴奋。洗车结束后，我们回到了阳光下，然后看到几个少年向我们跑来。他们跳上汽车，挥舞着破布，并透过挡风玻璃对我和帕特做鬼脸。我朝他们吐了吐舌头。

洗车完毕，我们缓慢地开到了收银台。妈妈买了一箱葡萄汽水，将免费洗车的优惠券交给了收银员。收银员戴上了眼镜。

"该死的小字，"她摘掉了眼镜，拿出放大镜，"过期了。"她宣告道。

"过期了？"妈妈、爸爸和帕特重复道，他们被吓坏了。

"是的，女士、先生、中小孩子们。两天前就过期了。"

"不能通融一下或者延期之类的吗？"妈妈小声问道。

"不能的女士，没有任何特殊措施。"

妈妈付了钱——她是我们家管钱的人。爸爸叹了口气，启动了伯爵夫人的发动机。"这就是使用优惠券的风险。"爸爸像个哲学家。

"能重新上路真是太好了。"我跳到座位上说，"想获得意外之财的代价很大，爸爸。"

"抓紧了，凯朵，安全第一。"

车开起来，我俯身靠在前座椅背上。"就是那里！"我指着前方说。远处巨大的摩天轮和游乐设施若隐若现。我觉得我们又花了一个世纪的时间才到达展览馆。停好车后，我飞快地跑到前面，展览会入口霓虹灯的光环在黄昏暗淡的天空中闪烁着，我被迷住了。

魅力无限的展览会，灯光闪耀的现场，好玩儿刺激的游乐设施。还有那些小甜甜圈，那个巨大得像个怪物的奶牛。无毛猫比我们想象得更瘦弱，皮肤更皱。一切都很完美。

我们的第一站是竞技场，猫展在这里举行。场内，裁判们正仔细检阅着一排优雅但看上去脾气暴躁的暹罗猫，而它们的主人们则焦虑不安地徘徊着，不停摆弄着它们的爪子和尾巴，掸去根本不存在的灰尘。

"它们的斗鸡眼能看清东西吗？"妈妈问。她环顾四周，问我和爸爸，"帕特哪儿去了？"

"她在那儿。"爸爸指着帕特的背影说，随后她消失在了看台下的过道里。

"我敢打赌她去找无毛猫了。"我说。果然，几分钟后，我们就在那里找到了她，她被那些又瘦又皱的猫咪吸引住了。

"你觉得它们生下来就是这样的吗？"我们走到帕特身边时，她问。

"我认为它们是来自另一个星球的外星人，来这里监视人类。"我说。

"他们为什么不给猫织小毛衣呢？"帕特大声问道，"它们一定很冷。"

"你觉得它们会喜欢被抚摸吗？"妈妈问。

"我不觉得我会想去抚摸猫赤裸的皮肤，"爸爸一边说一边看了看手表，打断了我们的思考，"来吧，孩子们，在展会结束前我们还有很多事要做。"

我们都跟在爸爸身后，向游乐场走去。他像一艘强有力的货船劈开海浪一样，在人群中冲出一条道路。在我们的两侧，有人在玩气枪射击，赢取毛绒玩具奖品；有人在玩打地鼠，用布锤敲打玩具仓鼠；有人在玩套圈，努力用圆环套住空汽水瓶。游乐场的工作人员诱惑着人们，吆喝着："大奖等你来赢。"旋转的过山车上播放着流行榜上的歌曲，伴随着阵阵尖叫。真是太让人兴奋了。

"爸爸像艘火箭。"帕特评论道。我们在人群中进进出出，经过了旋转木马、卖食品的小摊。我看到小贩在卖烤得"吱吱"作响的汉堡、玉米棒和叫作"鲸鱼尾巴"的糖酥，直到巨大的沙士啤酒桶映入我们的眼帘。

"我觉得我要喝一杯。"爸爸提议道。但我的注意力很快又转移到了路边举着大锤正要敲钟的壮汉身上。

"嘿，这是旋转艺术。让我看一分钟。"我拉住了爸爸的手。

"没时间了。"他喘着气说，拉着我经过了笔迹亭，那里有一台机器可以分析你的笔迹，是我的最爱。

爸爸在碰碰车售票厅突然停下来买票的时候，后面的人挤了上来，堵住了路——"哎哟""哎呀"大家挤得嗷嗷叫。

碰碰车游戏场内很拥挤，我们的车在里面来回打转。妈妈开车载帕特，因为帕特太胆小，不敢撞任何人。而我开车载爸爸。"慢点儿，凯朵！"爸爸说。

"我把杰米·马荣想象成了撞击目标。"我边说边用力向左转动了方向盘。

*****

我们下一站前往现代家居大楼，爸爸说："孩子们，等一下。我们还没玩凯朵最喜欢的游乐设施呢。"爸爸停了一下，用手指数了起来，"魔镜之屋、儿童摩天轮，还有——当当当！"

爸爸挥动着双手，最终停留在过山车的招牌上。我们顺着他指的方向看过去，过山车在六月的夜空中闪着橘黄色的光。

*****

我们玩了两次过山车。妈妈特别害怕，吞下了整颗甘草糖。

我们都尖叫了起来——

"嗷嗷嗷嗷嗷嗷嗷嗷嗷嗷！"是我发出的世界最高音。

"啊啊啊啊啊啊！"来自帕特——中高音尖叫。

"啊啊啊嗷嗷嗷！"是妈妈的中音尖叫。

"哎呀！"爸爸像麋鹿一样吼叫着。

坐完过山车我们要去现代家居产品展示会，会上有免费样品和优惠券可以领取。我们又坐了最后一次过山车，下车后用橡胶般软塌塌的双腿支撑着身子摇摇晃晃地走出去，每个人都心满意足。半路上我们看到了魔镜之屋，就进去玩了一小会儿。

迷宫般排列的镜子里反射出全家人扭曲的倒影，我们东倒西歪，放声尖叫。这时有一只手推了我一下，我从前门跌了下去，顺着一个波浪形的坡道滑了下去，然后在一个七彩酒桶里翻了个跟头，最后从后门弹了出去，屁股着地，坐在了脏乱的人行道上。我的正上方就是过山车的支柱，过山车正晃来晃去，"哗哗"作响。

"哈哈，这下好了，凯朵！"我抬起头来。是吉米·马荣。

"你为什么要那样做，你这个笨蛋！"我喊道。吉米可恶地讥笑着，感到沾沾自喜。我接着说，"如果《小镇报》的人知道你有多蠢，他们会任命我为少年记者而不是你。"

说完我站了起来，掸掉身上的尘土和裤子上的一团棉花糖。

"你永远也做不成少年记者。你连拼写都不会。看看你的发型吧，"吉米嘲笑我，"像是用园艺剪自己剪的一样。"

"我才没有。"事实上，这是上周妈妈帮我用锯齿剪刀剪的，她帮我剪完之后还让我擦洗了门前的台阶。我弯腰捡起了我的展览会专用棒球帽，在牛仔裤上拍了拍，掸掉尘土。

"你竟然还想用那个蠢帽子盖住你的头发？"

"我的帽子有什么问题吗？这是去年我套圈赢的奖品——是我的幸运帽。"我一边欣赏它一边说。

"直面现实吧，凯朵。你不具备成为《小镇报》记者的资格。你需要打扮得像个记者，取得好的成绩，成为有价值的公民才行。我是一名童子军，也是国际象棋俱乐部的主席。你呢？你只会骑着自行车参加愚蠢的比赛而已。"

"谁说我想做少年记者了？"

吉米又讥笑起来："很明显你是嫉妒我，你三句话不离《小镇报》。"他拿着我那副镶着碎水钻的粉色猫眼夜视镜晃来晃去——眼镜一定是我在酒桶里翻滚时掉出来的。

"把眼镜还给我。"我边说边抢了回来。

我戴好眼镜后，爸爸、妈妈和帕特都从坡道里滑了出来。吉米的妈妈也跟在他们身后出来了，她对吉米说："我正到处找你！"

"嘿，妈妈。您好，沃尔博先生，沃尔博夫人……还有帕特。"吉米故作温柔地说，"我看到凯朵摔倒了，正想扶她起来。"

"扶她起来，我都看到了什么！"吉米的妈妈责备他，"怎么会是现在这种情况。是谁害她摔倒的？"她转身向爸爸妈妈说，"抱歉，吉米自从开始写那个专栏之后就像变了个人。"她说着把吉米拽走了，我听到了吉米的反抗。

"我什么都没做。"

"当然了，当然。去告诉《小镇报》吧，少年记者先生！"

一小时后，我们意气风发地从现代家居大楼里走了出来，满载着免费样品而归。

"砰！"一枚火箭烟花飞上天空，留下一道银色的痕迹。

歌声从音响里飘来，烟花表演开始了。我们都张大了嘴巴，仰望着星空，盯着"咝咝"作响的火箭烟花和它散发出的光芒。

我左手拉着爸爸，右手拉着妈妈。

"今晚很美好，凯朵。"妈妈低头微笑着说。

"今晚很美好，凯朵。"爸爸抬头看着烟花说。

"今晚很美好，凯朵。"帕特俯身在我耳边轻声说。她的脸颊还沾着刚刚吃的小甜甜圈的糖霜。

"今晚很美好。"我说道。这时，天空中爆出了成千上万颗彩色的星星。

# 2

# 少年记者

第二天早上，我仍然在为昨天在展会上遇到吉米·马荣的事感到烦恼，我边吃燕麦片边抱怨着："他觉得自己非常聪明。"

爸爸和往常一样，一到早上就活力四射。"早餐是最完美的一餐。我简直能吞下一座山。发明吐司的人简直是个天才。你做的咖啡是镇上最好喝的。"他弯下身子吻了吻妈妈，"光凭你做的咖啡我就会娶你的。"

"弗雷德，你脸上沾了吐司。"妈妈假装用生气的语气说着，将面包屑抹掉了。

"你们有必要这么开心吗？"帕特也抱怨道。和我一样，帕特也没什么好情绪。高中生活的第一年对她来说已经是个打击了，她又是个羽毛球特长生。她时常担心八年级的课业压力会影响到她在少年女子队的表现。

"啊呜！"我们的目光都转向了卫斯理，看它在地毯上来回打滚儿，爪子在空气中挥舞，前后蠕动着，来回蹭着挠痒。我用勺子指着它说："就算是卫斯理做少年记者，也会做得比吉米更好。"

一阵大笑后，妈妈问我："你想做少年记者吗？"

"可能……是吧。"我耸了耸肩说。

帕特说："我觉得你很适合做记者，你讲的故事都很新颖。"她将坏情绪抛到脑后了。

"这是事实，"爸爸也表示同意，"并且没人比你更热爱《小镇报》了。"

"但我的拼写怎么办？另外还需要参与很多社区活动、做运动之类的获得积分才行。"

"我敢肯定只要有人帮你修改错误，《小镇报》就不会在意你的拼写问题。"妈妈说。

我开始设想我的照片和署名出现在专栏中的场景。

"尝试获得一些积分也没有坏处。"爸爸说。

"会很有趣的，"帕特说，"像参加比赛一样。"

"还会让吉米大吃一惊。"爸爸说。

听到这儿我下定了决心："太对了！光是让他发疯这点就值了。"我用拳头捶了餐桌一下，"就这么定了，我要努力成为少年记者。"

大家参差不齐地为我欢呼，然后我出发去学校，今天是本学期的最后一天了。

*****

我超级喜欢骑车下坡的感觉——像飞起来一样！我从家出发，骑车下山去学校。

盛开的玫瑰和割草后的香气向我袭来，带着香味的微风从我的发丝间穿过。树木仿佛也飞了起来，在微风中，树叶从亮绿色翻转成银绿色。树叶肆意飞舞，我也随之心潮澎湃，鸡皮疙瘩起满了胳膊。

我像一个橡皮筋螺旋桨一样异常兴奋。如果再多转一度，我就会飞出去。孔雀先生将在今天放学时发放成绩报告单，如果想成为下一任少年记者，成绩也是要考核的。

上午我们进行了体育、算术和听写考试。考试后，我们要与邻座的人交换试卷。我把我的试卷交给了伊娃。温斯顿坐在我的另一侧，但我不太相信他会公正地给我打分。伊娃得了九分，满分十分，她把我的试卷还给我的时候同情地看

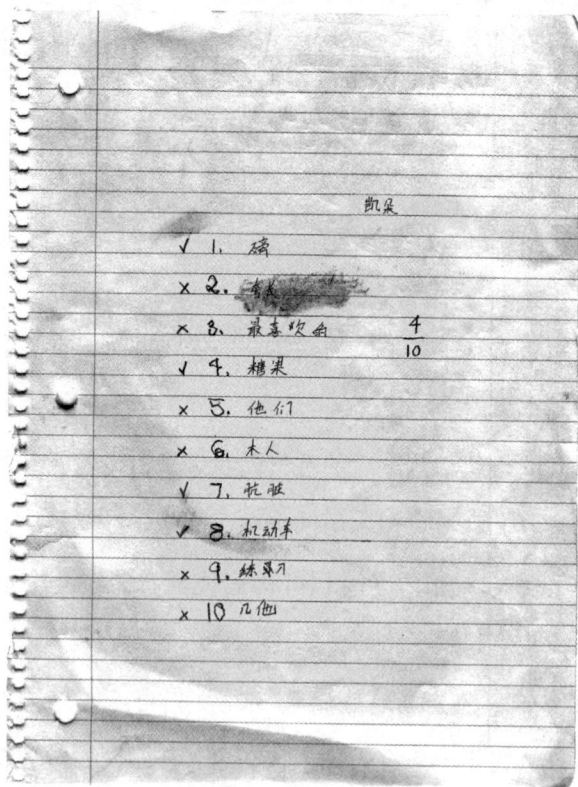

了我一眼。孔雀先生是以句子的形式听写词语的，但我把"他们"和"她们"弄混了。不过我写对了"糖果"。这个词很难，因为糖果是个食物，但"糖"的偏旁却是"米"。我还写出了"肮脏"这个词，这个词可不好写。

幸运的是，我们并不需要提交这份试卷，因为最终的拼写分数已经确定了，这个测验只是额外的一点儿"小折磨"罢了。

快中午时，孔雀先生说："针对想成为下一任少年记者的同学，我已经将你们的姓名和成绩提交给《小镇报》做参考，午饭时间我们要在图书馆举办一场信息交流会。现在，让我们先将热烈的掌声送给现任少年记者——吉米·马荣，感谢他杰出的工作表现。"

每个人都在鼓掌并为吉米欢呼。我用拍打两个食指的方式鼓掌，来表示我对他的欣赏程度。

"明年我还可以继续做少年记者，"吉米说道，"我策划的栏目足够再写上一年了。"

"我不确定是否允许连任，吉米。给别人一个机会是不是更好？"孔雀先生建议。吉米不置可否。

*****

　　我和伊娃坐在一起吃了午饭。她个子不高，笑的时候经常把嘴张得特别大，露出牙套。每次看到我，她都挪出旁边的位置，并拍打座椅示意我过去。

　　"你妈妈一定超级好！"她看着我打开的午餐袋子说。妈妈总是将我的午餐放在一个大小刚好的雪白色小袋子里，上面用她龙飞凤舞的大号笔迹写着我的名字。三明治是用新鲜面包做的，切成了三角形。通常还配上一个漂亮的水果，水果用手帕包着——在妈妈准备的午餐中，水果从来不会被磕坏，还有一片方形或圆形饼干。妈妈用便笺将今天的甜品包裹起来，上面写着："在如此伤脑筋的一天，我想你可能需要大量的巧克力。爱你的妈妈，亲亲。"里面是我最爱的巧克力棒！

　　在喧闹混乱的食堂里，伊娃和我边聊天边交换了三角三明治，我还给了她一根巧克力棒。她很喜欢和我聊踢踏舞，整个午饭期间她都用脚敲打着地板跳舞。幸好有伊娃陪我，住在我家街对面的温斯顿·崔完全不像是我的邻居，不是在无视我就是在嘲笑我。"性本善"的优良品德在他身上完全没有得到体现。

*****

我们快速吃完了午饭前往图书馆，为《小镇报》交流会留出充足的时间。图书馆的门上贴着"你可以成为下一任少年记者"的指示牌。吉米在旁边摆造型，戴着《小镇报》徽标的摄影师帮他拍了照。

"哇哦！"吉米说着，在摄影师走开之后抬起手挡住了我的路，"我认为少年记者至少要会拼写吧！"

"凯朵的词汇量很大！"伊娃替我说话。

吉米放下了他的手，让我们过去，接着拉开了图书馆的门说："我只是不想让你因为失望而心碎。"他挥手鞠了一躬，"你们先。"

我无视他，昂首挺胸地走了过去，我们"咔嗒咔嗒"地下了楼，在教室门口停下脚步，思考要坐在哪里。午后的阳光从高高的窗户中倾泻下来，照在为开会布置的椅子上。窗外的操场上，踢球的孩子们来回奔跑着。我们在教室的中间发现了两个空位，迅速在其他人到达之前占领了它们。

"吉米真的点燃了我的怒火。他太自大了，还认为拼写有那么重要。"我和伊娃抱怨道。我们坐好后，我恼火地发现温斯顿·崔坐在我旁边。吉米溜达着走到了教室前面，坐在女性栏目编辑梅尔巴·辛格的旁边。他自命不凡的样子简直像刚刚吃掉最后一个豆豆的贪食蛇。

教室很快坐满了人。大家都坐好之后，梅尔巴·辛格开始主持会议。在会议的开头，她告诉我们少年记者的候选人至少要得到三十五分，之后她给我们讲解了评分表。在她讲话的时候，我做起了白日梦，幻想着我长大之后成为《小镇报》的工作人员，像梅尔巴·辛格一样穿着时髦的蓝色西装，搭配圆点花纹的衬衫。

"评分表必须在八月三十日下午四点前上交到《小镇报》报社的前台，并加盖当日戳。"梅尔巴·辛格说，"我们将在劳动节①的前一天举行'告别夏日'社区派对和才艺表演，届时将公布下一任少年记者的人选。"

---

① 这里的劳动节是加拿大的劳动节，时间在每年九月的第一个星期一。

# 小镇报

## 少年记者大赛

　　参赛者年龄需在 10 岁至 12 岁之间，此前在学校的平均成绩达到 B 以上。参赛者需根据表格中列出的活动获取积分，必须在每个类别都获得相应积分，同时总分至少达到 35 分，方可被纳入少年记者候选范围。

　　所有积分都需签字方可生效，成人或机构都有权签字，例如小镇公立图书馆、社区中心、学校、宗教组织和侦察员，都有权签字积分表。《小镇报》将对积分表进行存档，请前往报社前台提交表格。

　　积分表必须在 8 月 30 日下午 4 点前提交到《小镇报》报社前台。

| 类别 | 内容 | 分值 |
|---|---|---|
| 志愿活动 | 报名活动，清扫垃圾，以正当理由募集资金等 | 每次 2 分 |
| 社区善举 | 帮助老年人、儿童、残疾人（亲属除外）和动物 | 每次 2 分 |
| 阅读活动 | 参加图书馆的夏季阅读项目 | 每读 5 本书 1 分 |
| 健身活动 | 参与运动、舞蹈活动，加入体育活动团队、俱乐部或课程<br>取得《小镇报》游泳证书 | 每个 2 分 |
| 写作投稿 | 提交信件、诗歌或文章 | 每次 3 分 |
| 社会观察 | 成为报纸发布新闻的最早线索提供者 | 每次 10 分 |
| 实习记者 | 撰写新闻稿件 | 每次 4 分 |
| 才艺展示 | 照片或名字出现在报纸上 | 每次 1 分 |
| 最低得分标准 | | 35 分 |

才艺展示！那是个新项目。

接着，吉米上台讲话："从我自认为谦虚的角度来看，我已经将《少年记者》从一个儿童专栏变成了镇上优秀人才的必读栏目。我希望未来这个专栏的水准不要降低，能够继续输出价值……"他一直在夸夸其谈，直到下课铃声响起来。在出教室的路上，我从门口桌子上的一堆少年记者评分表中抓了一沓。我需要很多张表格，因为我会获得很多积分。

下午我们进行了音乐考试。之后孔雀先生朗读了《金银岛》<sup>①</sup>的最后一个章节，这让等待成绩单的过程变得没那么痛苦。最后一场考试结束之后，孔雀先生挨个儿给我们发成绩单，并给出简单的评价："你一直都很棒，吉米！简直是市长的苗子。"

当发到我的成绩单时，孔雀先生没有直视我的眼睛。他看着坐在我后面的孩子评论说："白瑞，你的数学成绩有很大提升。"接着跳过我走向下一个孩子。我从信封中拿出成绩单，深呼吸后打开了它，看到拼写和作文这两科都没及格，我沮丧极了。

---

① 英国作家史蒂文森的代表作。

# 六月成绩单

学生姓名：凯瑟琳·沃尔博

| | |
|---|---|
| 阅读 | A |
| 作文 | D |
| 拼写 | E |
| 体育 | B |
| 社会研究 | C |
| 算数 | A |
| 科学 | B |
| 艺术 | B |
| 音乐 | A |
| 平均成绩 C+ | |

## 教师评语：

凯乐的拼写太差，拉低了她其他科目的分数。如果不是拼写错误，她的作文成绩也能拿到 A。她必须在这方面更加努力。音乐成绩不错，在少跳运动上很有潜力。推荐升至五年级

家长签字：

因为拼写问题导致作文不及格简直太不公平了。我写的内容是最好的。我的喉咙哽得紧紧的，只能小口吸着气。提示铃响了，大家都跑到门口排队，教室里变得嘈杂起来，充斥着交头接耳的谈话声、推拉桌椅的摩擦声、行走奔跑的脚步声。而我还呆坐在座位上，盯着我的分数。就在这时，一张成绩单被拍到了桌上，盖住了我自己的。成绩单的主人是一种"传染病"，名为吉米。我不想去看它，但接连不断的字母 A 进入我的眼帘。我深吸了一口气，一下子跳了起来。

"干得好，吉米。你是一种'传染病'——我是说，你能够感染我们每个人。我可以和你接触，但我不想感染你趾高气扬的气质！"

本学期最后一次下课铃响起。有些孩子跑去和孔雀先生拥抱；有些孩子甚至哭了起来；也有的孩子直接跑回家了，在他们奔跑的时候一捆捆美术作品飘动着。伊娃等着和孔雀先生说话，我陪她一起等。

"孔雀先生，因为有您，我们度过了完美的一学年。"她带着大大的笑容说，并递给他一张贺卡。他打开贺卡，我看到封面有一张老鼠图片，上面写着：谢谢您，老师！"

"不用客气，伊娃。有你这样的学生我也很开心。"

"再见，孔雀先生，今年既有趣又充满挑战。"我说着，强迫自己和他握了手，但其实我真正想做的是踢他的小腿。

"确实很有挑战性。"孔雀先生回应道。

整个学年就这样结束了，我和伊娃在图书馆外面给自行车开锁。

"祝你度过一个愉快的夏天，凯朵！"

"你也是。也许假期里我们还会再见面的。"在我们骑着自行车分别上路时，我喊道。

我向家中骑去，但当我骑到山丘上时，我感到非常沮丧，不想再骑上去。我从来没能一口气骑完全程，但我通常都会试一试，看看能骑多远。但这次，我直接下了车，推着车垂头丧气地走回了家。

我终于到家了。厨房里，妈妈正在桌边坐着，对着一本书咯咯笑。她为我准备好了一杯柠檬水和一块饼干。

"嘿，妈妈。嘿，卫斯理。"我无精打采地说。卫斯理抬了抬眉毛，把尾巴重重地拍在了地板上，表示问候。

妈妈微笑着抬起头来说："嘿，凯朵。"她用黑色甘草花瓣做的书签仔细地标记了她读到的位置，然后把书合上。我瘫坐在座位上，伸手够到了柠檬水，端起来吞下一大口解渴。我歪过头，想看看书的封面。

妈妈把书转了过来，方便我看。

"《三人同舟》，杰罗姆·K.杰罗姆。"我读了出来，"嘿，他的姓和名是一样的。"

"我知道。我看到就被吸引了。你不觉得标题也很有趣吗？"

我点了点头。妈妈在莎莉·安书店，也叫二手旧货店买了很多旧书。因为她在那里做兼职，所以她可以享受员工折扣，就像优惠券一样。"内容也一样有趣——不过这不重要。今天该发成绩单了。"

我叹了口气说："是的，妈妈，我不开心。要想做少年记者，平均分必须达到 B 以上。"我从书包里掏出了《小镇报》的积分表，还有那张可怕的成绩单。

"让我看看。"妈妈打开折叠着的绿色成绩单，研究了一下，轻轻地嗯了几声表示赞同，又哼了几声，"嗯，大部分学科都考得很好。虽然我们早就知道拼写是你的短板，但 E 太差了。还有孔雀先生是怎么想的，给你的作文打了个 D？这太过分了！"

我强忍着的泪水一下都流了出来。"这样我永远也当不成少年记者了。"我把头埋进了手臂里，用哽咽的声音说。

"他说你的作文本应该得到 A，但因为你的拼写错误他给了你 D。"

我悲伤地点了点头，用一只手拿起了饼干，用另一只手的手背擦掉眼泪。妈妈惊讶地说："难以接受。"

我不停地点头，伤心地嚼着饼干，头越垂越低，最后脸颊贴到了冰凉的桌面上。

"我无法睁一只眼闭一只眼。我们应该去拜访一下孔雀先生。"

我挺直了身子，像一条电鳗受到了暴风雷电的冲击。

妈妈起身大步走向了电话。

"你要打给谁，妈妈？"

"学校。和孔雀先生说我们马上过去。"

\*\*\*\*\*

妈妈喘着粗气，飞快地走过了拐角处。她一边的胳膊上挎着她巨大的红色漆皮包，另一只手紧紧地握住了我的手，她看上去像是当真了。我气喘吁吁地小跑着跟上她，感到既疲惫又恐惧。

到了学校，妈妈快速穿过大厅，走进了我们的教室。孔雀先生正坐在教室里，我们一进去他就站了起来，手心在裤子上蹭了蹭。妈妈和他隔着桌子握了手，接着他们都坐了下来。妈妈坐在了一张为她准备的直背椅子上。我抓过一把学生椅，坐在了稍微远离战火的地方。看着妈妈和自己的老师一决胜负是多么奇怪。我对孔雀先生产生了一点儿歉意。

"沃尔博夫人，我可以叫您康妮吗？"

"不太行，对您来说我的确是沃尔博夫人。"

"啊……好吧，沃尔博夫人。我们都知道凯朵的拼写有问题，但我确定如果她用心……"

妈妈打断了他："她足够用心了。您发给他们的单词拼写表她都花了很长时间阅读学习。我测验过她，所以我知道她只是记性差。"

"但如果她真的用心，就会取得大的进步。"

"这不一定。孔雀先生，您同意凯朵是个优秀的写作者吗？"

"如果您能把一个拼写很糟糕的写作者称为优秀写作者的话，我不得不承认她偶尔还是有文采的。"

"谢谢您。那您怎么看待报纸或杂志的作者出现拼写错误？"

"我相信对专业作家来说，这是很罕见的情况，但万一出现了，编辑会纠正拼写错误。"

"没错。所以您也承认即使是聪明的专业人士，也可能会拼错奇怪的单词。"

"是的，"他勉强承认了，"但也许我们应该考虑到，虽然凯朵性格活泼……"

"您知道爱因斯坦的拼写很糟糕吗？"

"不，我不知道。您确定这和我们有什么关系吗？"

"那《傲慢与偏见》的作者显然拼写也很糟糕，甚至都不知道逗号该放在哪儿呢？"

"傲慢与……"

"简·奥斯汀，孔雀先生。您肯定听说过她。我保证她是个作家。"

"我知道简·奥斯汀是谁。"他不耐烦地说。他的额头上冒着汗珠，变得闪闪发亮。

他瞥了我一眼，然后把身子倾向妈妈，用手挡住了嘴，低声耳语道："也许我们只能接受凯朵的长处不在于此。"

"孔雀先生，您开始考验我的耐心了。您到底承不承认凯朵的词汇量很大？"

"呃……是的。好吧，事实上……"

"以及她在写作时能否提出优秀的观点？"

"很好的观点。我会给她 A 的，要不是因为……"

"啊！您终于一语中的，明白我的观点了。"

"我有吗？"孔雀先生看上去有些迷惑不解，而我已经激动地坐到了椅子边缘。

"您不能在同一个科目上给凯朵打两次分。这属于重复指控。"

"重复指控，沃尔博夫人？"

"这是一个法律术语，孔雀先生。意思是您不能因为相同罪行起诉一个人两次。"

"但是拼写是优秀的写作的一部分。"他反对说。

"好吧。"妈妈把双手摊开，放在了桌子上，像是要摊牌，"我承认拼写对您来说很重要……"

"不只是对我来说，我可以向您保证。"孔雀先生的脸变得通红。

"所以我准备折中一下，"妈妈继续说道，"在作文部分给她 B，并把拼写的分数从 E 提到 D，这样的话我们不会再说什么。"

"沃尔博夫人，我现在知道凯朵的顽固性格是怎么来的了。"妈妈瞪大了眼睛。

"我是想说她很坚韧。"孔雀先生边呻吟边用手捂着脸，上下摩擦起来。然后他突然向后仰着头，举起了双臂喊道，"好吧，好吧！她的作文可以得 B，拼写可以得 D。"

妈妈站起来和孔雀先生握了手："和您谈话很开心，孔雀先生。"

"和您也是，沃尔博夫人。"他有气无力地说。

在回家的路上，妈妈说："我觉得还是很顺利的。"

"我超级开心，妈妈。你的辩论技巧很赞。"

"谢谢你的夸奖，凯朵。你想去'猫和老鼠'吃派吗？"

"特别想去。""猫和老鼠"是我们最喜欢的咖啡馆了。

在吃派的时候，我开始重新计算平均成绩。我用数字代表字母等级：4 代表 A，以此类推，1 代表 D。

"我觉得你计算之后会发现平均分是 B。"妈妈说。

"你之前就已经算过了吗？"我对这个天才女人充满了好奇。她耸了耸肩，不好意思地笑了笑。

# 3

# 青春期的帕特

我在厨房的桌旁帮妈妈检查她的复古宾果卡，卡片上带有小小的滑门，可以在庄家叫到时"啪"的一下合上。妈妈会时不时检查滑门是否顺滑。她喜欢"啪"地合上而不会卡住的感觉。为了保持充沛的体力，我们边干活儿边吃了一盒带彩色糖屑的冰甜甜圈。

妈妈喜欢和邻居艾德娜一起观星，也喜欢研究宾果游戏的历史，她还收集了各种周边产品。大多数宾果卡都随着时

间泛黄了。她还有各种宾果数字制作模具——木盘上刻着凸
起的红色数字；黑色的圆币上印着白色的数字，就像键盘上
的按钮一样。还有一大罐各种颜色的塑料圆片片，它们很透
亮，就像被含了很长时间的润喉糖一样。我喜欢反复叫它们
的名字："塑料圆片片，塑料圆片片，塑料圆片片。"

"妈妈，玩宾果游戏的时候塑料圆片片有什么用处呢？"

"在叫到号的时候要把它们放在宾果卡的数字上。"妈
妈站起来，扮演起了卓越的宾果叫号师。这是她的另一个天

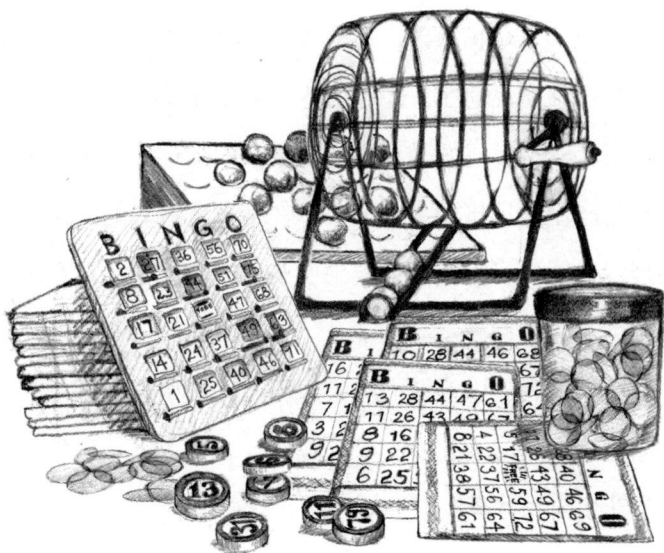

赋所在。"字母 B 下面……系鞋带，三十二……字母 N 下面……维尼熊……"

"四十二……宾果！"我喊道。

"还没到时候，凯朵。是这样的，如果你的卡片里有'系鞋带'和'维尼熊'，你就用塑料圆片片把对应的数字盖住，因为圆片片是透明的，所以你还能看到底下的数字。"

"但是如果有人撞到了你，把你的塑料圆片片都弄乱了怎么办？"

"很对。"妈妈用手肘支在桌子上，向前倾身，对我挥着一块红色的甘草糖棒说，"这种危险情况总是会存在的。这为游戏增添了戏剧性，这也正是现代社会所缺少的。"

记得有一次，妈妈带我去麋鹿小屋参加过"宾果历史之夜"活动。屋子里挤满了大人，都在挤着看古老的宾果周边产品展示。妈妈告诉我之前宾果游戏厅的墙壁曾经被香烟熏成了灰色。

"这也是我难以戒烟的一大原因。香烟和宾果游戏的组合就像是……"

"花生酱和香蕉？"

"更像是电影和爆米花，或者是野餐和西瓜，再或者是边喝茶边进行心灵沟通。难以想象在没有这个东西的情况下，单独做那件事。"

我想过中间的区别。一种是食物搭配食物，另一种是做一件事搭配一种食物。我突然感到和爸妈谈话时，经常会出现精妙的逻辑点，真的在帮助我开发大脑智力。

"啪！"

"我觉得帕特得了哮喘病。"我边对妈妈说，边给自己拿了一个甜甜圈吃。

"凯朵，为什么这么说？"

"她经常发出令人讨厌的喘息声。"

帕特走了过来，大声地喘着气。她发出的声音就像是坐在空气垫子上，里面的空气受到挤压后跑出来了一样。她穿着人字拖和泳衣，戴着耳机，手里拿着沙滩浴巾。在不大声喘气的时候，她沉浸在自己的世界里，恍惚地哼着歌："我会给你我无尽的爱爱爱爱爱。"我和妈妈看着她坐在床边实心的椅子上，陷了进去，开始翻阅青少年杂志。"看到了吧？"我小声和妈妈说，"她在喘息。"

"凯朵，这不是在喘息，是在叹气。帕特得了相思病。"

我目瞪口呆地盯着帕特。帕特恋爱了？

　　我大喊着："帕特，你魔怔了吗？"她没听见我说的话。我跑过去从她的耳朵里摘掉一只耳机，大喊道，"帕特你在和谁恋爱？"她惊讶地跳了起来，把耳机从头上摘掉，又开始叹起气来。

　　"凯朵，问题就在于，我因为没有男朋友而处在'绝望的深渊'。"

　　"你为什么需要男朋友？你已经有我们了。"

　　帕特悲伤地看着我，下巴颤抖着说："凯朵，你还很小，不能够理解这种感觉。我需要一个属于我自己的小甜心，给我写'billets-doux'。"

　　"谁？比利？"

　　"'billets-doux'。法语里的'情书'。"

　　"哦。"我更加仔细地打量着帕特。我突然注意到她涂了一小片绿松石色眼影，还用了染唇膏。她还打了耳洞！她卷曲的头发下面戴着一个瓢虫大小的金属耳钉，闪闪发亮。

　　妈妈说："凯朵，帕特现在已经十几岁了。青春期是会向往爱情的。"

　　帕特悲伤地点了点头附和。

　　妈妈拍了拍她的胳膊，给她拿了一个甜甜圈。帕特颤抖着接了过去。

"别担心，帕特，对的男孩儿会来的。"

"不，他不会了！"帕特含着泪反驳道，"没人会想要一个大体格的羽毛球运动员。"说完她跳起来，从后门跑了出去。没来得及吃的甜甜圈掉到了地板上，卫斯理乘虚而入占有了它。

"事情很严重，妈妈。帕特都没吃她的甜甜圈。"我们又开始玩宾果卡片。妈妈一边整理一边哼着儿歌，不时蹦出几句"丢手绢"。

水开了，妈妈起身去泡茶。

电话铃响了，她又走过去接电话。"嘿，宝贝。"妈妈用手捂住了话筒，用口型对我说，"是帕特。"

"帕特为什么给你打电话？她就在后院晒太阳呢。"我跑到窗前大喊起来。一条粉色的长线从帕特的窗户里钻了出来，顺着房子的边缘穿过院子，电话另一头连着一个粉色电话，在她身旁的毯子上。

"嘘，凯朵。"

我转向妈妈，她用手挡住了电话听筒。"这是她新买的公主电话。她想要有人给她打电话试试效果。"接着妈妈对着电话说，"好的，我马上给你打回去。"妈妈挂了电话，又拨了回去，"铃声响了。"妈妈对我说。好吧，很清晰！在我站着的地方可以听到响铃的声音。

"也许你该把电话号码给社区中心的孩子们。"我听到妈妈正在给帕特提建议，让她能接到更多电话，"你待会儿要喝点儿柠檬水吗？好的，那一会儿见。"妈妈挂了电话。

"星云为什么不给她打电话？"

帕特的朋友星云·罗素是艾德娜的女儿。艾德娜是住在我们旁边的邻居，也是观星俱乐部的社长，还是妈妈最好的朋友。每当有人问星云的名字怎么听起来与银河系有关时，她都会回答她有着神圣的使命。如果大家知道她妈妈对天文学非常着迷，差点儿给她起名叫"类星体"，就会觉得"星云"真是个不错的名字了。

星云的孪生兄弟叫小天狼星，是以天狼星星座命名的。我们都叫他"严肃的小天狼星"，因为他确实很严肃。他很聪明，但毫无幽默感，不懂什么叫开玩笑。比如你说"我快饿死了"，他就会跑去叫救护车。

星云还有个婴儿弟弟，是以他德韦恩舅舅的名字命名的，叫作德韦恩。但大家都叫他小矮星。他长得很漂亮，总是面带微笑，露出他仅有的一颗牙齿。他的小脑袋上留着柔滑的棕色刘海儿，圆滚滚的脸颊再柔软不过。但他太重了，我都抱不动。卫斯理很喜欢他，一直围着他转悠，舔他的脸，把小矮星逗得咯咯笑。帕特说卫斯理这么做只是因为孩子的脸上和围嘴上总有食物，还会在爬过的地方留下面包屑和水果碎的痕迹。但我觉得卫斯理是真心喜欢他才舔他的。

想象了一下一辈子都被叫宾果的情景，我很高兴我的名字没和妈妈的爱好扯上关系。

"星云在拿到自己的公主电话之前没办法给帕特打电话。"妈妈解释道，"艾德娜准备送她一个公主电话做生日礼物。但别透露给星云，不然我是不会承认的，顺带也会忽略你的生日礼物。"

"妈妈，你吓到我了。"

妈妈耸了耸肩："这是一个高度机密事件，需要采取强硬措施。"妈妈用手撑着桌子站了起来——她是个大块头，而且才戒烟不久，所以行动没那么敏捷，"我要去看看我的农作物了。"她一边说一边踩着松软的家居拖鞋走进了遮光的后门廊，去查看她的向日葵种植园。

"你为什么种向日葵，妈妈？"

"为了最纯粹的快乐,凯朵,为了最纯粹的快乐。"

我从她身边跑了过去,跑过一段长长的破旧木制楼梯,蹦跳着穿过后院,一屁股坐在了帕特旁边。她正仰躺着,在院子中间的最后一小块草地上创造出了一个美黑用的绿洲。周围黑色的泥土里种着上百株三十厘米高的向日葵幼苗。爸爸正在车库旁边通往车道的砾石路上,帮助刻薄的温斯顿修理自行车。爸爸人太好了。

我看着帕特满是鸡皮疙瘩的皮肤,涂上防晒霜后她看起来更白了。天气还没完全热起来。她穿着用马德拉斯布做的两件套泳装,戴着一副小小的紫色美黑护目镜。耳机里播放着音乐,她边把脚趾从一边扭到另一边,边唱着:"哦哦,做我的宝贝,我喜欢你沙啦啦啦。"她点着头挥起手——她在仰着头跳舞。

"帕特!帕特!"我俯身喊道。她摘下护目镜,朝我眨了眨眼睛,然后将一侧的耳机推到了耳朵后面,"你怎么能受得了待在这儿,帕特?"我抱紧膝盖,颤抖着问。

"我要把皮肤晒成美妙的棕色,准备度过一个美妙的青少年的夏天。"她把新买的那本《仅供参考!当代青少年》杂志举到脸前读了起来。

"现在才八点半。"我提醒她说。

"凯朵，"帕特的声音从杂志下面冒了出来，"这个夏天我要以青少年的身份正式亮相。我已经拥有了自己的公主电话和收音机，这样我就能背诵热门歌曲榜单了。我晒成棕色皮肤之后，只差一个男朋友就能成为完美的青少年了。"她又开始叹气了，手里的杂志也抖动起来。

星云闪亮登场，戏剧性地把头发甩到了肩膀后面，趴在了帕特旁边的毯子上。星云作为话剧社的主席，总是表现得像有摄像机跟着她拍摄一样。站在近处的人甚至能听到她在撩头发的时候低声喃喃自语着"远景"。如果她听到惊讶的事，她就会小声说"特写"，然后把眼睛睁到超级大，说："我太惊讶了！"

有一次，我们做完童子军走路回家，路上她停下来对着夕阳叹气，然后张开双臂哭喊着："哦，天哪，夕阳西下，又一天过去了，天空流出了悲伤的血液。"爸爸和我都愣住了，然后她抓住了我的肩膀，把她的脸埋在了我的帽子里。她倾斜得太厉害，我差点儿摔倒。

她当时穿着一件蓝色背心裙，画了配套的蓝色眼影，涂着透明的亮片唇膏，嘴唇像粉红色的果冻糖。星云长得像一个柔软的娃娃，因为她的胳膊和腿从上到下都是一样的宽度，看不出任何关节的痕迹。

现在星云把她的小背包举到了头上，肚子朝下趴在了帕特的旁边。她拉开背包的拉链，掏出了一个粉饼，开始检查自己的妆容。她把粉饼放到了一边，把脸靠在了胳膊上，估计是确认了自己现在的状态很美丽。

她和帕特之间只有五厘米的距离，她们开始小声交谈，窃笑不止。她们时不时看向我，用眼睛发射出"排斥射线"。帕特和星云在一起时就像变了个人，这让我很不舒服。当她们在一起的时候，她好像把我当作某种低级生物看待。

因为比帕特大八个月，星云已经完成了她作为青少年的首次亮相。她当时用了更闪亮的唇釉。帕特羡慕地舔着嘴唇——妈妈让她满十四岁再使用唇膏，但妈妈很善良地装作没看见她脏兮兮的眼影。

一群蚂蚁拖着一条死虫子爬过去了，我一边假装观察它们，一边偷听帕特和星云的谈话。帕特似乎在考虑几个可能的男友人选，但她说很难知道一个你喜欢的男孩儿是否也喜欢你。

"把小天狼星当作男朋友怎么样？"我问道，"他就住在隔壁。你为什么不问问他喜不喜欢你呢？"

帕特的脸颊变红了："别偷听。"

"对不起，不过说真的，和小天狼星说什么他都当真。他的身体条件让他无法说谎，他只能说实话。"

"没错，"星云表示同意，"尽管我想不通别人喜欢他哪点。"

"不不不。就算他真的有点儿喜欢我，如果我问了他，他就不会再喜欢我了。"

"好吧，那我替你去问问他。"我说。

帕特尖叫着朝我追过来。虽然她是一名羽毛球运动员，但还是我跑得更快。不过当我跳过栅栏的时候卫斯理叫了起来。《小镇报》派送的时间到了。我没空儿和她们拌嘴了。

我急忙跳回栅栏里，沿着木板路跑过向日葵幼苗，爬上台阶，进到厨房里。

"啪。"报纸落在了门廊上。我跳上了小地毯，踩着它跑过了门厅，"砰"地在前门停下来。看来我还得多练习刹车。我猛地推开门，拎起报纸，阅读着头版标题《患狂犬病的浣熊正在娱乐区游荡》，我感到一阵恐惧。

我的天哪！头版有一张彩色照片，上面是一只浣熊举着一只熊掌，就像抓着相机一样。

> 看好你们的宠物，让它们待在室内。狂犬病正在
> 危及本地野生动物的生命，包括松鼠、兔子、城市周
> 围的浣熊和土狼等。首席医疗官在此警告市民，请与
> 它们保持距离。

我想象着松鼠、兔子、浣熊和土狼龇牙咧嘴，口吐白
沫，异常狂暴地追赶着凯蒂莱维小镇的所有居民，边奔跑边
大叫的场景。

虽然阅读《小镇报》一直都是一件让人兴奋的事，但这
次简直是彻头彻尾地激动人心。我觉得很有必要马上剪下这
篇文章，把它粘在我的剪贴簿上。

我坐在厨房的桌子旁，拉开存放报纸阅读用具的抽屉：
里面有一把把手是橙色的用来剪东西的大剪刀、一支胖胖的
粉色蜡笔、一支钢笔、一支铅笔、一支补充笔记的涂鸦笔、
一瓶胶水、一沓信封和邮票。

"我得盯紧卫斯理。"我在粘《患狂犬病的浣熊正在娱
乐区游荡》那篇文章时自言自语，"也许我应该问问爸爸能

不能开车送我去寻找作案的野生动物。我自己骑着自行车去可能不安全。"我继续阅读报纸。

"你在自言自语，凯朵。"妈妈已经看着我好几分钟了，"你在阅读《少年记者》专栏吗？"

"是的！他真是个蠢蛋。听听这个。"

> 电视毒害了当今年轻人的心灵。和童子军一起去远足比呆坐在电视前面要好得多。如果孩子一定要看电视，他们就应该观看时事报道，而非完全脱离现实世界的荒谬的间谍剧。

"他懂什么？看《家庭法庭》可以学到很多法律知识。《卧底特工》也很棒。"如果我不去上学，我就想做个卧底，我可以变得很狡猾。吉米让我感到怒火中烧。

"他有权表达他的想法。"妈妈替他辩护。

"他的想法是愚蠢的。等我当上少年记者的吧。"我翻过去那一页，哼着《卧底特工》的主题旋律。

看到爱心专栏《卡罗尔的建议》的作者微笑的照片时，我停止了哼唱。她能够解决帕特的一切烦恼！我要给《卡罗尔的建议》写信，问问卡罗尔帕特怎么才能在首次作为青少年亮相之前赶紧找到男朋友。

我一定在叹气，因为妈妈问我："宝贝那是什么，优惠券吗？"

"我得马上写封信。这是很私密的事。"

我快速把报纸折了起来，把整个抽屉都拉了出来，我要把它整个带上楼去。卡罗尔会知道如何让小天狼星爱上帕特的。另外，如果她把我的信发表在她的专栏里，我会获得三分。

我花了些时间才把信写好，但我认为我的语句很完美。

我把它装进信封，小心地写上了《小镇报》的地址，正准备骑车去信箱寄信时，我突然意识到卡罗尔可能会收到超级多的信件，意识不到这封信有多么重要。

所以我在信封上写上了"紧急"，贴上了邮票，跑出门去寄信。

亲爱的《卡罗尔的建议》：

　　我的堂妹帕特一位匿名亲戚，事实上她几乎是一个有成年人的女人了。她想要她拥有真朋友真爱。她是一个体形大干满的羽毛球爱好者运动这玩家。她还很擅长买衣服。

　　我发誓过我要保守秘密。我们就叫她 P 吧。我想要帮助 P 找到属于她的真爱。请给我一些建议。

　　　　　　　　　　真诚的，
　　　　　　　　　　热切杨丽凯

另外，怎么才能够增对方是不是真爱你呢？

# 4

# 卡罗尔的建议

当我回到家，走进大门的时候，我发现卫斯理正呻吟着在门前的草坪上打滚儿。

"你在干什么，卫斯理？"它完全没注意到我，只是不停地发出尖锐的噪声，像咬气球咬不动似的"吱吱吱"地叫。我突然想到了《小镇报》上的头条文章。

卫斯理总喜欢追在松鼠和兔子后面，可是如果它接触了携带狂犬病毒的动物，变得比之前还要疯狂该怎么办呢？

　　我小心翼翼地放倒自行车，让它挡在我和卫斯理之间，我的视线也不敢离开卫斯理，一边盯着它，一边沿着小路向屋子里走去。它倒躺着，眼球转向我的方向，然后扭过身子站了起来，开始对我吼叫起来。我飞奔上了楼梯，猛地跳进门，尖叫道："妈妈，卫斯理得狂犬病了！"

　　"妈妈没在家，"爸爸在地下室里喊道，今天是居家日，"她去莎莉·安二手旧货店了。"我飞快地冲进卧室，抓起我的剪贴簿，上面贴有《患狂犬病的浣熊正在娱乐区游荡》的头条新闻，快速冲下楼拿给爸爸看。

　　他正要点燃焊枪，但他停了下来，把面罩推了上去。我被爸爸新焊的金属雕塑吓了一跳，几乎忘了我为什么来这里。它长得像一只巨大的机械老鼠，一边用后腿奔跑着，一边端着一盘微型人类，就像一个老鼠服务员端着一盘用人类做的午餐冲了出来一样。

　　"这是什么？"

　　"我叫它'被鼠类竞争（商业竞争）吞噬的人类'。"爸爸的思想很有深度，"有什么不对劲吗，凯朵？"

　　我把那篇文章放在爸爸的眼皮底下："狗也可能被感染。"

　　爸爸抬起了头，眯起镜片后的双眼。其实他只有在开车或看电视的时候需要戴眼镜，但他却总是戴着。他要时刻做好准备，以防有重要的事情出现在视线中。他开始阅读那篇文章，而我却急得直跳。"别动，我无法集中精神了！"他说。其实我把这篇文章背下来了，我读了太多遍，所以我直接背给他听了。

"听起来很严重，"爸爸总结道，"我猜你是在担心卫斯理吧？"

"你说得非常对。它表现得比平时更疯狂！"

爸爸放下他的焊接工具，再次检查了所有的阀门，确保都关闭了，然后他才跟着我走上了楼梯。半路他又转身回到房间，指着每个阀门和开关确认："关了，关了，关了，关了。"这时我已经快到楼上了。

"爸爸！"

"安全第一，凯朵。"

我们来到前厅，卫斯理四肢张开，正趴卧在楼梯最上面的圆形碎呢地毯上，安静地打着鼾。爸爸弯下腰拍了拍它。卫斯理醒了过来，朝我们微笑着。

"现在似乎没事了。不过，如果它有什么反常的举动，你要随时告诉我。"

"或许我应该去图书馆对患狂犬病的狗做些研究。"我提议道。暗地里我希望卫斯理能出现一些症状,这样可以把它作为《患狂犬病的浣熊正在娱乐区游荡》那篇文章的后续报道发给报社,肯定能得到一些积分。

"听起来是个好主意。"爸爸同意了。

******

我到达图书馆的时候,温斯顿正在锁自行车。我们在同一时间爬上了凯蒂莱维小镇公立图书馆的大理石斜坡。

我们踏上光滑的黑白棋盘格石头平面,身后突然传来了吉米的声音。"我没想到图书馆还会给文盲办借书证。"他握住了沉重的枫木门上的铜把手,"但是再上一次四年级是非常有趣的,凯朵。"

"我及格了。"

"好惊讶。"吉米停住了,做出惊讶的表情说,"你真的及格了吗?"

"当然。拼写并不是衡量智力的唯一标准。"

吉米没能掩盖他的震惊:"哦,你用了复杂的词汇。"

事实上，我只是引用妈妈的话，她难倒了孔雀先生。

然后他冷笑起来："哈！但你的社区积分永远超不过我。"

私下里，我不得不承认他是对的。我更擅长和《小镇报》相关的事。甚至在我决定努力成为少年记者之前，我就已经做得很好了。我给《小镇报》热线打过电话提供突发新闻线索，比如消防员从下水道里救出小鸭子或者从树上救出被卡住的猫。

我还给编辑写过很多信——实际上是两封。到目前为止，这些新闻故事和信件都没有得到刊登，但我还有时间，在八月三十日下午四点之前刊登一次就行。

"好吧，你长了招风耳。"我顶了回去。

"好了！"温斯顿从我们身边走了过去，喃喃地说。我背对吉米，跟着温斯顿进了图书馆。我在书架间穿行徘徊，还询问了图书管理员，但只在百科全书上找到了关于狂犬病的一个词条，我把它抄下来之后准备回家。我看见温斯顿盘腿坐在书架之间的地板上。他正在翻阅一本印有高尔夫球手照片的大书。吉米坐在读报桌旁，手里拿着一叠旧的《小镇报》——大概是在欣赏他自己的专栏吧。

回家的路上我遭遇了暴雨，坚硬的小球"砰砰"地砸在我的头上。是冰雹！我的手臂和腿都是裸露着的，冰雹使劲儿砸了下来，又冷又痛。

"嘿！"温斯顿骑着自行车来到我身边喊道，"它们像干掉的口香糖一样硬。"路面很快就被冰雹覆盖了，我们只好下了车，抓着车把，滑着把自行车推到杂货店雨篷下的人行道上。我们站在那里相对无言，只能听到牙齿"咯咯"打战的声音、白色的大雨急切的低语声，偶尔还有汽车在泥水中缓慢行驶的"嗖嗖"声。

过了一会儿，我打破沉默说："我在少年记者交流会上看到你了。你也想竞聘少年记者吗？"

"不，孔雀先生说让我们都去开会，我也没有其他事可做。"

后来冰雹停了，我们骑上自行车，在湿滑的路面上骑回了家。我们互相道别之后就各回各家了。

我在家门口停下了脚步，看到妈妈种的向日葵幼苗基本平躺在泥地上，我目瞪口呆地转过身，跑去邻居们的花园里转了一圈，发现西红柿苗枯萎了，玫瑰花瓣散落了，地上还躺着未成熟的果实。

甜菜、菠菜和南瓜都弯着腰，被暴风雨击打得满身是泥。我再次冲回家的时候发现妈妈站在院子里，一边摇着头，一边试图把那些伤得比较轻的向日葵扶正。

"凯朵，从我钱包里拿 5 美元，骑车去五金店买花园支杆，一定要赶在售罄之前买到。"我冲上楼梯，但并没有立刻去拿妈妈的钱包，而是先拨打了《小镇报》的新闻热线。

"我要提供突发新闻线索！所有街区花园的植物都被冰雹打倒了，这是一场屠杀。我是第一个举报的吗？"

"在我们这里也能看到冰雹，你知道的。"前台那个无聊的家伙说道。

"可无辜的瑞士甜菜被毁掉了。"

"对我们来说，这算不上新闻，但我会转告园艺专栏的。也许他们会采用你的线索。"

"太好了。谢谢您。"我把我的名字告诉了他，万一《和贝拉一起绽放》栏目觉得我的线索有新闻价值，并且我还是第一个打电话过去的，我就可以得到积分了。然后我从妈妈的钱包里抓了 5 美元，以最快的速度骑车到了五金店，冰雹融化成了泥河，我在烂泥中奋力挣扎前进。

"你最好也买些支杆系带。"我拿着一把竹子支杆气喘吁吁地向收银台走去的时候，助理店员泰迪向我推荐道，"你爸爸呢？”

　　“他在准备让伯爵夫人参加国际史蒂倍克日巡游。”

　　“祝他好运。要找到那辆老车的零件肯定不容易。”

******

　　爸爸、妈妈和我花了整整一下午的时间固定向日葵幼苗。我都没时间去社区中心检查公告板上的积分情况。夏天竟然以这种方式开始了。

　　我真的希望能多发生一些灾难，让我有机会给《小镇报》热线打电话。

　　“啪！”《小镇报》三天后到达了前厅。我抓起报纸跑进我的房间里偷偷读了起来。

# 卡罗尔的建议之特别策划

本期特别策划的选题是一封来自读者的信。她叫"热心肠的凯"，我们必须不惜一切代价保护她的真实身份，所以我决定不公开她的来信原文，以避免侵害信中涉及的人物的隐私。我撰写了这期特别栏目，献给所有尚未找到那个特别的人的读者们。下面是我给热心肠的凯提出的一些建议：

你的亲戚看起来非常受人重视。我可以肯定，她的白马王子就在转角处。同时，请告诉她不要为此烦恼，从这件事里走出来，去享受生活。她已经在做正确的事了，例如参加团体运动。

乐于助人的，卡罗尔。

关于怎样能知道别人是否喜欢你，下面是来自卡罗尔的建议，献给热心肠的凯和我的所有读者。可以参考下列标志性迹象：

1. 感到紧张——结巴，眼睛蒙上水汽，手出汗（很好的迹象）。

2. 改变外表，开始喷香水。

3. 不断重复你的名字。

4. 假装不喜欢你。这点很有迷惑性。

5. 行为怪异，比如歇斯底里地大笑，然后不停地道歉。

6. 喜欢盯着你看。

有上述一个行为，计1分。

0~2分：不感兴趣。再扩大范围看看吧。

3~4分：中立，但你可能已经找到了一个好朋友。

5~6分：这个人绝对认为你很有魅力。

　　我把这篇文章剪下来粘在了我的剪贴簿上。我会去留意小天狼星是否会出现上述迹象。我向窗外望去时，看到小天狼星正坐在他家后院的台阶上。我仔细观察他，发现他和星云完全不同。星云有可爱的刘海儿和长发，要么扎成马尾辫，要么用发带束在后面。而小天狼星显然不重视外表。他的衬衫露在裤子外面，头发总是乱糟糟的，一撮黑鬈发凌乱地覆盖在眉毛上面。的确，他们俩都很瘦，眼睛也都是棕色的。可是星云总是肢体语言丰富，表情也变化多端，从感到惊讶，到狂喜，再到绝望；而小天狼星总是在研究怎么在拼字游戏中把七个字母都用上，再得五十分。

　　我决定用笔记本记录下研究对象的行为。我冲到书桌前拿了铅笔和笔记本，然后快步跑回窗前，准备记下任何可能流露出他对帕特有感情的举动。如果我能找到确凿的证据，帕特一定会非常感激我的。

　　他正在看一本漫画书，不停地翻着书页。我得靠近点儿。我把笔记本和铅笔塞进后口袋，从后门跑了出去，跳上自行车，沿着小路向巷子里疾驰而去。我右转了两次之后终于到了小天狼星所在的小路，跳下自行车一路飞奔，然后偷偷地藏到一丛绣球花后面观察他。

　　我跟小天狼星相处了三个小时，他提到了十四次帕特（Pat）的名字。

　　我说："小天狼星，你怎么看帕特？"

　　小天狼星说："我不怎么看帕特。"（很明显他在隐藏真实感受。）

　　我说："你觉得帕特的泳衣怎么样？"

　　小天狼星说："我不喜欢有图案（Patterns）的衣服。"（帕特有一套马德拉斯游泳衣。）

　　我说："你知道帕特非常擅长打羽毛球和熨衣服吗？"

　　小天狼星说："那就拍拍（Pat）她的背吧。"（他因为自己讲的笑话偷笑了起来。）

　　他总是情不自禁地叫她的名字，我还记下了很多例子。

　　"这是可悲的（Pathetic）。"（小天狼星几乎对我说的所有问题都采取这个标准回答）

　　"我才不去拍（Pat）那只邋遢的狗呢，它身上有跳蚤。"

　　"凯朵，你又在我们的露台（Patio）里干什么？"

　　"别盯着我看。我只是在补（Patching）轮胎。"

　　"你要在房子周围巡逻（Patrolling）吗？"

　　"凯朵，我希望你搬去巴塔哥尼亚（Patagonia）。"

最能说明问题的是，当天在社区的烧烤晚会上，小天狼星说："能给我一把铲刀（Spatula）吗？我想要翻一下肉饼（Patty）。"他不仅在一句话里说了两遍帕特的名字，而且不久之后，他还表现出了第6号行为——盯着帕特。

在整个烧烤晚会上，我一直小心翼翼地跟着小天狼星。我一直拿着纸餐盘做掩护，这样就没有人会怀疑我是在执行任务。与此同时，我一直在心里记录着他的各种表现，回头再统一记在笔记本上。小天狼星从站在草地上聊天的邻居们中间挤过去，不忘扭头看我。突然，他和帕特撞了个满怀，把她纸餐盘里的食物弄得满天飞。

帕特正在节食，小心翼翼地只吃沙拉。她吃了马铃薯沙拉、通心粉沙拉、墨西哥米饭沙拉、美味的绿色果冻和棉花糖凉拌卷心菜，还有酸奶油、面包和菠菜沙拉。帕特把马铃薯沙拉撒在卫斯理的背上。它一直在附近徘徊着，希望捡到掉落的食物。卫斯理开始转圈扑腾，想吃掉在背上的马铃薯沙拉。帕特无视掉在地上的食物和卫斯理，对小天狼星露出了灿烂的笑容。

"你好，小天狼星。"她害羞地说。这是一个只有我才能理解的不可思议的时刻，就在《卡罗尔的建议》的清单上。

小天狼星盯着帕特，脸上带着惊讶的神情。

然后他说："你牙缝里有一大块菠菜。"

帕特红着脸匆匆走开了，她可能太激动了。小天狼星肯定对帕特着了迷。但是，尽管我很谨慎，到了第二天，他似乎还是发现了有人正在观察他。

他不停地转过身来盯着我看。之后他每次看到我都会跑开。他站在街对面对我大喊："你为什么跟着我？你为什么不走开呢，小鬼？"

如果实验对象发现自己被监视了，绝不是什么好兆头。这样我就很难再好好观察了。

\*\*\*\*\*\*

结果第二天吃早饭的时候，妈妈说："昨天艾德娜和我在屋顶上讨论，想为我们的观星俱乐部建一个观星台，艾德娜说那会是观察孩子们的绝佳地点。于是我回头一看，竟然看见我的凯朵在偷偷地追小天狼星。凯朵，你太小了，还不能跟着男孩子到处跑。"帕特从她的麦片粥里抬起头，尖叫道："我的亲妹妹想抢走我唯一潜在的男朋友。"

我表示抗议。试图告诉她我只是代表她在观察小天狼星。我拿出笔记本，给她看了剪报，并试图向她解释计分规则。帕特开始气喘吁吁、脸色发紫，她气急败坏地说："你侵犯我的隐私……"然后她突然停了下来，问我都发现了什么。

爸爸嘴里半叼着一片吐司，坐了下来。当我看向妈妈时，她说："继续说，我们都想知道。"

于是我拿出铅笔，开始计算小天狼星的分数。我一直数不清，不得不重新开始计算。

"凯朵！"帕特愤怒的叫声让我更难以集中注意力了。

最后我终于数完了，抬起头看着他们充满期待的脸说："分数显示，他是中立的。"

帕特跑出了房间。我们听到她"砰"地关上了卧室的门。

"凯瑟琳！"啊哦，如果妈妈直呼我的大名，就代表她不高兴了，"以后你不该再帮帕特了。"

"嘎吱嘎吱嘎吱。"我们环顾四周，原来是卫斯理的头贴在碎呢地毯上，翘着屁股以头为中心转着圈，像个狗狗指南针。

我说："看到了吧？卫斯理有点儿不对劲。"

爸爸把咖啡杯猛地放在桌子上："是的！我要带它去看

兽医。我至少要帮助一名家庭成员。"

我和他们一起去了，还带上报纸准备拿给兽医看。如果卫斯理是第一个被野生浣熊或松鼠感染狂犬病的家庭宠物，毫无疑问，它会登上报纸。而我作为《小镇报》的忠实读者，在读完新闻后首个发现狗狗出现了异常症状，也会一同上报并获得一分。但愿卫斯理的疯狂程度能打破纪录。当然，也希望它能在因感染疾病获得上镜机会后康复。

我把报纸放进了我开车旅行时随身携带的读《小镇报》专用手提袋里。读报袋里装有一支铅笔和备用的圆头剪刀，毕竟安全第一！还有信封、两张邮票和4.39美元的零钱。我还带来了早间版的《小镇报》在车里读，好让自己从卫斯理真假嗓音交互的喊叫声、砰砰声和扭曲着身体到处乱抓的声音中转移注意力。从分类广告开始——我已经受够了情绪上的波动，所以没有读《少年记者》专栏，不然肯定会发怒——我从宠物（绝对不要再养宠物了）和星座运势的部分开始读："你会关心一个家庭成员的健康。"怎么关心？我想。这时卫斯理对着我的耳朵吠叫，用爪子抓着我的肩膀。然后我读到个人广告……个人广告吗？

> **成熟的女性**寻找能够一起看歌剧表演、共进晚餐的绅士朋友。请将你的照片和最喜欢的歌剧名字寄给613号信箱。
>
> **寻找一起打保龄球的同伴。**十瓶式保龄球等你来玩。请联系782号信箱。

我可以替帕特登个人广告！直到去世的时候我才会承认我的功劳。我的遗言将是："别为我而哭泣，帕特，尽管我为你的幸福做出了巨大贡献，让你拥有三十年的幸福婚姻和十二个孩子——他们都是羽毛球运动员。"

然后她会搂住我哭泣："哦，凯朵，你是世界上最亲爱、最慷慨的妹妹。"

我坐在车里，擦去被这温柔的一幕所感动而流出的泪水。

"我们到了，凯朵？"我沉浸在帕特的个人广告中，都没注意到我们已经到了动物诊所。一般情况下，都需要用狗链拴着卫斯理，挪动四只爪子，把它拖进去。但这次，它飞奔过停车场，从凯蒂莱维动物诊所的入口冲了进去，差点儿撞倒一位带着兔子出来的女士。

"对不起！"爸爸说着气喘吁吁地跟在后面。卫斯理继续往前跑，经过接待处，进入咨询室，登上不锈钢检查台，用爪子在金属上乱划。我在前台停了下来，问能不能借用一下电话，有点儿急事——打电话给《小镇报》提供独家新闻线索就是我说的急事。但我有点儿犹豫不定，因为我也想目睹兽医给卫斯理诊断的过程，到时肯定会发生戏剧性情节和歇斯底里的状况。我跟在爸爸身后，挥舞着那篇文章，但当我追上他时，兽医已经把他的手电筒插在卫斯理的耳朵里了。卫斯理正用脚敲打着桌子，发出摩擦气球般刺耳的声音。

"它长了耳螨。"兽医说。

"和患狂犬病的浣熊没关系吗？"我喘着气说。

"除非患狂犬病的浣熊也有耳螨。"兽医一边说，一边往卫斯理的耳朵里喷了点儿黏性物质。他把瓶子递给爸爸："每天两次，连续两周，就能杀死这些小怪物。也能有效止痒。"

我们走回车里，卫斯理每走两步就坐下来，用后脚挠耳朵。

爸爸说："我得去一趟五金店。你想跟我一起去还是跟卫斯理坐在车里？"

"我在车里等吧。"我说。我需要一点儿独处的时间恢

复情绪，我对卫斯理的诊断结果很失望。另外，这样我也有
足够的时间填好个人广告的表格，然后再跑到诊所前面的邮
箱寄出去。填好表格后，我把它和3.46美元的广告费一起塞
进了一个信封里。后来我发现还剩一个信封和一张邮票，索
性报名参加了"格丽塔绿色植物"举办的比赛，奖品是免费
玻璃温室。

# 5

# 救命的邮递员

过了几天，一个大约十几岁的邮递员骑着自行车递给妈妈一个鼓鼓囊囊的马尼拉信封。"这是什么？"妈妈问道。那个邮递员穿着一件棕色的《小镇报》衬衫，口袋上缝着他的名字——马修。妈妈、帕特和我正准备去社区中心看帕特的羽毛球队参加锦标赛。

"这是给帕特·沃尔博的。"他说。

"是我。"帕特说。

"请在这里签字。"他结结巴巴地说着，递给她一支笔和一个写字板，脸色变得通红。

签完名后他把信封给了她，匆匆下楼去骑自行车。他忙着回头看我们，结果从自行车上摔了下来，他不得不重新上车骑走。我是唯一注意到这些的人，因为妈妈和帕特正忙着拆信封。信封里是一堆信件。

帕特打开了其中一封信，拿出一张照片，上面是一位戴格子帽、穿着网球短裤的老人。

我们站在帕特身后读照片附的信：

致收信人：

　　我也是一个羽毛球爱好者，并且在我那个年代，我是1902年的地区冠军！虽然我不像以前那么活跃了，但我的牙齿还完好无损。我还喜欢打激动人心的乒乓球。请把您的照片也发来，以上。

其他信件也都附有照片，并都表达出对帕特的羽毛球水平和熨衣服技术的钦佩。

"我太丢脸了。"帕特呻吟着说，然后哭了起来。

"凯朵！"我看着一张牙医挥舞着壁球拍的照片，内疚地抬起头来。"这是你干的，是吗？我不是特意和你说过让你别再帮帕特了吗？快回你的房间去，小丫头。我一会儿再决定怎么处置你。"

"但是，妈妈，我需要出去赚社区积分。"

"我觉得你今天做的善事已经够多了。"

我在房间里，能听到妈妈正试图哄着帕特迈出前门。"你不能让你的团队失望，而且一旦你去了，你就会感觉好很多。"

帕特和妈妈还是去了锦标赛现场，而我在卧室里消磨了一个上午。我看着代表帕特投稿的个人广告叹了口气。周四当我看到它出现在报纸上时，曾经感到非常自豪，但不知为何，我的计划出现了严重的错误。

快吃午饭的时候妈妈回来了，帕特留下和团队一起去野餐。妈妈让我去擦厨房的地板。

完成之后我还要出去用喷壶给数百株向日葵幼苗浇水。

"水管坏了吗？"

"那些幼苗太小了，还没法开水管浇。"

我花了好几个小时，做完的时候胳膊都疼了。当我回到家里，没有人跟我说话，要么就是说——

"凯朵，请把盐递给我。"

"不，凯朵，你不能熬夜看《卧底特工》。"

"凯朵，快上楼去把耳朵后面洗干净。太脏了。"

****** 

第二天早上，我躺在屋后的台阶上。擦完地板和给向日葵幼苗浇完水，我感到精疲力竭。一想到还会有更多拿着壁球拍的老头儿回信，我就害怕得窒息。我紧张到门铃一响就一跃而起奔向前门，满怀希望地想截住包裹，在别人看见之前把它埋在车库后面。门铃还没响，我就把门拉开了，结果只有卫斯理冲进来，把我扑倒在地。它用头蹭我，发出嘎吱嘎吱的声音。我还没来得及脱身，帕特就跺着脚走到了走廊。她的脚步声都是疯狂的。

"给我吧，小甜心。"妈妈央求道，无疑是不想让她再受辱。

"不，妈妈，我是青少年，我要自己处理。"哦，卑鄙小人！现在我又要被迫承受残酷的新差事了！

我能听到邮递员说："你好，帕特。请在这里签名，帕特。"我被卫斯理压在下面，只能看到他们的脚。他的笔突然掉在门廊上，他们低头捡起笔，我可以看到两个人的头。"对不起，我的手好像出汗了。"他说，"它刚刚从我的指间滑出去了。"帕特肯定签好了名，因为我听到他说："谢谢你，帕特。祝你今天开心，帕特。"我真想大喊一声："对，这就是她的名字，别把它喊坏了！"我试图用一只胳膊肘儿撑起身想看她收到了多少信，卫斯理却坏了事，用耳朵使劲地蹭着我的脸。

我使劲儿把狗从我身上推开，起身去门口找妈妈，它继续在地毯上来回蹭着脑袋。我们都屏住了呼吸，看着邮递员马修倒退着走下楼梯，果然，他又从自行车上摔了下来。我走上前想把他扶起来，但妈妈用力按住了我的肩膀。

"帕特正在处理这件事。"她动动嘴角小声说道。帕特跑下楼梯，弯下腰去帮助摔倒的邮递员。虽然她是一名羽毛球运动员，但她还是摔倒在了草坪上，邮递员又被她带倒了。他们看起来都吓坏了，然后又一起开怀大笑，还互相道歉。

好奇怪。我抬起头想对妈妈说话，但她用坚定的声音说："凯朵，跟我来。我再给你另一个任务。"然后把我拖到门厅里。

"妈妈，你一定要这样吗？"我一边号啕大哭，一边想出一个绝望的计划。在电话里模仿帕特，告诉《小镇报》的人不要再寄信过来了。

第二天早上，我站在前门的台阶上。如果《小镇报》的邮递员马修再骑车过来，我就会冲上去。这个夏天快变成有史以来最糟糕的夏天了。我整整一天都待在厨房清理碗柜，决定为帕特拦截所有信件。我焦急地扫视着街道，大约二十分钟后，我看到那个熟悉的男孩儿穿着棕色的邮递员衬衫，从拐角处骑着自行车过来。我站起来，准备抓起信就跑。

他满脸通红，跌跌撞撞地上了楼梯。作为一个骑自行车的邮递员，他的身体素质显然很差。

"我收了。"我说。

"不不不，"他结结巴巴地说，"我必须要得到收件人本人的签名。"

"不，真的，这完全没关系。她是我姐姐。"

他摇了摇头，脸上露出固执的表情，很不讨喜。我无奈地叹了口气，转身向帕特走去，这时我闻到那男孩儿身上浓重的古龙水味。但我还没走两步，帕特就冒了出来，也是满脸通红。我纳闷儿为什么除了我，大家的脸都被晒得通红，可能因为我被困在屋里，又要擦地板，又要往扭动着的狗的耳朵里挤滴耳液。

"妈妈想和你谈谈，凯朵。"帕特说着签收了信，对着送信的男孩儿咯咯笑着。

我在门厅里走到半路，帕特喊道："凯朵。"我停下来，困惑地皱起了眉头。我准备返回前门，问帕特是不是不再生我的气了。

"凯朵，"妈妈出现在厨房门口，"进来吧，宝贝。我给你准备了柠檬水和曲奇。"

这是吉兆，我不确定发生了什么，但看到了一丝希望。我又转过身来，迷惑地看到帕特还在和骑自行车的邮递员说话。

突然之间，所有事都变得明朗起来。这终究会是一个美好的夏天。

# 6

# 才艺表演

"扑通！"

跳伞运动员在公共游泳池降落。在小镇公共游泳池开放的几分钟前，救生员哈米什·奥迪格尔遇到了终生难忘的场面：一名跳伞运动员从身边飞过，降落在泳池中。"我拉着降落伞把她拽出了泳池，给她做了人工呼吸。"

　　我的天哪！这要是发生在游泳课上，随便一个孩子都能把她拉上来。我就能因为挽救一条生命赚取一分了——这也算是社区服务。

　　但"人工呼吸"是什么？是王子亲吻了睡美人之后，她就苏醒了的意思吗？我把我的疑问记在了笔记本上，方便以后弄清楚答案。

　　我读了我最喜欢的漫画：《小露露》《阿奇》《南希》《花生漫画》《迪克·特蕾西》《金发女郎》《蝙蝠侠和罗宾》《马默杜克》《大力水手》《危险的丹尼斯》。报纸上还有一张祛皱霜的优惠券："三天减少 37.5% 的皱纹！凭此券可享受八五折优惠，并赠送珍珠月光唇膏样品一份。"我把优惠券剪了下来留给妈妈。我在报纸上寻找着我寄给编辑的那封信，虽然我已经寄了三个星期了，但还是没有上报。信肯定是丢了，不然肯定会刊登的，因为这是一封特殊的信：

　　亲爱的编辑：

　　　　我注意到，市民现在需要付费给狗狗办证件了！我感到很震惊，连车都不会开的动物还需要证件！小镇在从市民手里抢钱。

真诚的，

凯瑟琳·沃尔博

我继续读报，但有点儿心不在焉。我对昨天的经历心有余悸。昨天我第一次为了获得积分去做社区志愿活动，在沙盒里照看五岁以下的儿童。我并不用照顾小孩儿，看着他们就行，如果需要大人帮忙，我就大声地喊他们就行。一开始一切都很顺利，但或许我不应该如此沉迷于建造沙堡，因为孩子们突然开始互相扔沙子攻击，制造了一场沙暴。母亲们尖叫着把孩子猛拽出来。孩子们都需要洗澡，沙盒也被迫关门了，等到换掉沙子才能重开。我没能得到积分，我觉得这不公平，因为我没有向任何人扔沙子。

\*\*\*\*\*\*

这个夏天里，我的日常就是每天去《小镇报》的前台核对我的分数。初级记者朱迪一夏天都待在前台，我现在已经和她熟悉到了可以直呼其名的程度。她有一头卷曲的红发，编成发辫垂在后背上。我对她了如指掌。例如，我知道她和她的朋友莉兹经常通话，占用电话线。当她告诉我写给《卡罗尔的建议》的信不能得分时，我崩溃了。

"得真的登报才行，而不仅仅是卡罗尔提到。"

但卡罗尔写了"热心肠的凯"的信件。我在她眼皮底下挥了挥信。"看到了吗？这是我写的。"

朱迪停下来读起了信。"上面写着'热心杨的凯'——你真的得用心拼写了。"然后她把信还给我说，"这就是一个匿名的提法。你不应该说你发过誓要保密。"

"所以我想我那个匿名个人广告也不能算分了。"

"是的。"

我叹了口气。

\*\*\*\*\*\*

每个工作日的早上，我都和凯蒂莱维镇上的其他孩子一起去上游泳课。《小镇报》为镇上的每个孩子提供免费游泳课程，以防止假期发生溺水事故。这也是我喜欢《小镇报》的另一个原因——它保证孩子们安全第一。

去年，我在游泳课上学会了如何像水母一样漂浮、如何用腿部打水以及在水里游泳。今年我们从狗刨式游泳开始练习，到现在正在练习游完泳池的完整长度，还有很难的自由泳。每天早上，无论天气如何，我都骑自行车去户外游泳池。伊娃和温斯顿都在我的班上，但当我需要搭档的时候，我一定会选伊娃。我们祈祷能拿到游泳证书。我希望温斯顿拿不到，但不幸的是，他已经可以在赛道尽头转弯，游完两个完整长度了。

每天下午，我都会花一半的时间用来偷听星云和帕特的聊天，她们一直在晒着太阳、窃窃私语并咯咯笑着。剩下一半的时间，我通常会去图书馆读书，给我的夏季阅读护照盖章。

马修隔段时间就来找帕特。到了吃饭的时间，他似乎也不打算回家。最后，妈妈不得不请他吃饭。饭后，全家连同马修一起坐在沙发上看电视。我伸开四肢躺在地毯上，把《小镇报》摊在旁边。卫斯理在我身边轻轻打着呼噜。因为兽医给它开的药水清理了它的耳螨，所以它平静多了。这是一个阖家团聚的美妙夜晚。电视里在播放我最喜欢的节目，还有新一期的《小镇报》可以读。当《钱翻倍》的主题曲响起时，全家人都唱起歌来。这是我们今晚的第三首主题曲。

"你们真是一个音乐世家。"马修崇拜地赞赏道。

爸爸笑着对妈妈说："一定是受到了你的熏陶。"他紧握着她的肩膀，然后转头和马修说，"妈妈之前和一个大乐队一起唱歌。"

"你为什么不唱了，妈妈？"我问。

"现在没人听老掉牙的音乐了。而且，那时候我年轻又苗条。"

"电视上每首主题曲和广告歌的歌词我们都知道。"我告诉马修，然后接着阅读起《每周节目》的海选栏目，一般来说都是申请戏剧和唱诗班的启事。但那天晚上，我看到一个才艺表演的报名启事。

> 你的家庭成员身怀才艺吗？报名参加"告别夏日"社区派对上的才艺表演吧！如果你的家庭成员有表演天赋，请把这个表格剪下来并填写。

我完全忘记了还有才艺表演。我坐起身来，看着爸爸、妈妈、帕特和马修，他们正对着《钱翻倍》的参赛者大喊。我们都是优秀的歌手。事实上，到目前为止马修还没唱过歌，但他很擅长打拍子。我把表格剪了下来，准备等会儿再填，然后开始看分类广告。我简直不敢相信我的眼睛！《小镇报》上的每条信息都那么出人意料。当我看到汽车版块上的一则小广告时，我感到一阵兴奋的电流从我的脚趾涌向了头顶，上面写着："以旧换新。用克莱斯勒、福特或史蒂倍克损坏的零件换取全新改装零件，用来翻新旧车。免费！"

爸爸一直在找史蒂倍克的零件。我转过身来把报纸拿给爸爸看，但突然我们最喜欢的节目的开场音乐开始了。那也是沃尔博家有史以来唱得最好的主题曲：


卧底特工

你是一个狡猾的机器（危险的邦戈鼓）

没有间谍能抓到你

但你知道得太多了，不能让你

永远……要……自由——（嘟嘟嘟嘟）（尖叫的号角）


帕特觉得她编造的愚蠢歌词唱起来很有趣。

卧底探员

敲起手鼓

没有间谍想要你

没有鬼魂会缠着你

因为你是个胆小鬼

　　她用鼻音轻声哼唱着，我们都生气地看着她。我不知道她怎么能这么不尊重《卧底特工》。

　　插播广告的时候，每个人都冲出了房间，有的去拿零食，有的去洗漱，然后重新回到房间里，安安静静地把剩下的节目看完。我又想起了那条史蒂倍克零件以旧换新的广告。

******

　　"凯朵，有一位和蔼的老太太来了莎莉·安二手旧货店，"妈妈一边帮我盖好被子一边说，"她需要有人帮忙跑腿。"

　　"又是奴隶劳动。我给向日葵园浇水已经累坏了。"我坐起来用拳头捶打着枕头。

　　"所以，现在你有体力带她去买东西，还能帮忙去图书馆借书了。"

"自由自在地度过一个快乐的夏天不行吗？"我的身子又瘫了下来。

"我还以为你喜欢帮助别人呢。"妈妈叹了口气，摇了摇头，"好吧，也许她会找到别人帮忙。"

然后我意识到了什么。"社区积分！"积分表中有帮助老人这一项。

"没错。"

"我明天早上起来就去看她。"

"让我先打个电话问问她是否方便。"她弯下身来吻我，"晚安，宝贝儿。"

"晚安，妈妈。"

\*\*\*\*\*\*

我要照顾的老人叫明子·阿库雷。我骑车来到她的家，看到一个身材矮小的老妇人站在一幢三层公寓楼前，就像妈妈说的那样。我把自行车锁在路标旁，跳过去向她介绍了我自己。我向前弯腰和她握了手，她的身材和我一样瘦弱。她戴着圆圆的眼镜，灰白色的头发梳得整整齐齐，一阵微风把她的头发吹到了眼镜框上。她穿了一件系着扣子的开襟羊毛衫，背着一个绗缝手提包。她穿着白色短袜和蓝色的跑步鞋，白色的鞋带在印着花枝的蓝裙子里若隐若现。她的脚边放着一个小背包。

她指着背包说："可以帮我一下吗？"我把它拎了起来，正要甩到肩膀上的时候，她说，"请帮我打开它。"

里面有一个抽绳购物袋、两小本图书馆藏书和一个用格子餐巾包着的包裹。

"打开那个。"她指着那个包裹说。里面是两块棕色的甜曲奇，刚出炉的还很软，有一股姜的甜香味。

"哇，谢谢！"我说着拿起一块塞进嘴里，这样我就能腾出来两只手把另一块塞进短裤口袋里了。然后我注意到她伸出手来。哦！我把曲奇递给了她。她感谢了我，还拿了一张格子餐巾。她咬了一口饼干后开始走路，我赶紧拎起背包，跟在她旁边。

"这饼干真好吃。"我说。

"嗯，还不错。"她表示同意，"我想把这个配方命名为'夏日'。"

我们去友善食品店买了一些杂货，然后去图书馆还了那两本书。我告诉了她我想成为一名少年记者的计划，以及我有多讨厌吉米·马荣。

"我读了他的专栏，我不喜欢。"

"真的吗？"一个成年人这么坦率，我感到惊讶。

"太自以为是了。"就是这样，我就知道我们会成为朋友。

我陪明子回了家，中途停了一下，和在公寓楼周围花园里干活儿的房客们打招呼。虽然他们年纪大了，但活儿干得非常好——灌木丛和树木都结满了果实，一切都是茂盛葱郁的。明子说他们并没有把所有的浆果都摘下来，而是留了一些给鸟吃。

我们顺着铺着油毯的楼梯爬上了三楼，每上两段都要停一下，好让明子喘口气。到了顶楼，我跟着她穿过门，走进一间大开间，这里既是客厅，又是厨房和餐厅。我好开心，一个小小的"哦"脱口而出——就好像我们是在天空中的树屋里一样。南面的窗户面朝一棵大栗树的树枝，树叶在飞舞着，上面闪烁着树下河里的蓝色光芒。在水池上方有一扇大窗户，窗外一望无际的天空高悬在闪闪发光的河上，小河向远处的铁路桥蜿蜒而去。明子向我介绍了她真正的朋友——阿拉贝拉和马克西姆斯这两只豚鼠。它们穿着明子为它们缝制的小背心。马克西姆斯坐在我腿上，啃我手里的莴苣——它非常柔软。而阿拉贝拉躲在它的纸板房子里。

"它需要一点儿时间来适应陌生人。"明子说。我把才艺表演的事告诉了明子，她兴奋地说："我也有才艺！"她走进卧室，发出沙沙声和咕噜声，"过来帮帮我，凯朵。"我走进去的时候，她有一半身子在衣柜里，我在挂着的衣服下面看到了她的裙子和她的脚。她从衣柜里退出来，头发凌乱了，眼镜也歪了，然后她把裙子往外拉了拉，好让我看到

衣柜地板上的木箱。"这是一个纸画戏！"看到我表情困惑，她又补充道，"一个故事盒！帮我把它弄出来，我给你看。"

我们一起把故事盒从衣柜里搬出来。盒子前面有两扇门，打开后是一个相框，像一个玩具剧场。

马克西姆斯和阿拉贝拉爬到上面看了看，嗅了嗅抽屉和把手。明子打开了一套大号图片卡，塞进相框边上的一个槽里。然后她向我展示使用方法。她抽出最上面的那张卡片，露出背后的卡片，形成了故事，像一台手动电视！

"我有一些日本民间故事的图片卡，我可以用卡片表演讲故事。当我还是个小女孩儿的时候，在日本，讲故事盒的人在社区里骑着自行车，按着铃铛。"明子打开盒子一侧的抽屉，拿出一个小铜铃，晃了一下，"孩子们一听到铃响，都跑过去听故事。但我已经不能骑稳自行车了，我不知道怎么能带着故事盒讲故事。"

"我们可以把它放在桌子上。"

"嗯。可以，但我喜欢带着故事走近孩子们的感觉。"

"来辆马车怎么样？"

"这是个好主意，不过可能太低了，后排的人看不见。"

"我会好好想想的。也许我能想出个办法来。"

\*\*\*\*\*\*

我从明子家回到家，发现罗素家的人要么懒洋洋地躺在后院的草坪椅上，要么就是坐在草地上吃着切片西瓜。小矮星一定已经吃过了，因为他的嘴巴和脸颊都是红色的。他正在草地上爬行，时不时地停下来找虫子或蒲公英，然后把它们放进嘴里试着尝一尝。我吃了一大块西瓜后又挖了一勺，这时我突然意识到他们也在谈论才艺表演。我们家计划唱一首串烧，由我们最喜欢的商业广告曲组成，但艾德娜建议两个家庭一起表演她策划的《星际盛会》。

她向我们阐述她的想法："我把它看作是太阳系的一幕。所有人都扮演成某种天体绕着太阳转，太阳站在舞台中央。天体的数量很多，所以我们可以带上那些感觉自己被忽略了的邻居孩子们。小天狼星自愿担任舞台督导和道具设计师。他已经画好一些了。"

就在我们讨论的时候，小矮星爬回到艾德娜身边，摇摇晃晃地站在了她的膝盖旁边。他盯着小天狼星把画递给艾德娜，但她还没来得及接过去，小矮星就猛扑上去，用黏糊糊的手指抓住了它们。他来回摇晃了一会儿，然后失去了平衡，裹着尿布的屁股重重地坐在了地上，画纸散落在草地上。

"哎哟。"艾德娜朝地上的婴儿微笑着。她拿起一张纸递给了他。他放开了捏在手里的画纸，接过了艾德娜给的纸，露出唯一的一颗牙齿微笑着，明朗地看着她。

"妈妈，他会把它弄坏的。"小天狼星抗议道。

"这只是演员名单。"她边说边清理了其他画纸，"看到了吗？"她对我们说，"每人都举着一个。"我们都向前倾着身子，望着小天狼星在纸板上画的大圆圈，他准备用这些来实现造星计划。

"下面是最精彩的部分。康妮可以在演出的时候演唱《飞向月球》。"康妮就是我妈妈。小矮星不再咬演员名单的纸角了，他在空中挥舞着手臂，抬着手喊："妈妈妈妈妈妈。"

艾德娜把他抱起来，往后一靠，显得很满意："这是个好主意吗？或者有其他建议吗？"

"我喜欢！"星云大叫，"我可以把自己想象成银河，披着数米长、闪闪发光的薄纱，戴着一顶光芒四射的王冠。我生来就是干这个的——简直就是我自己的独角戏！"星云感到极度兴奋。

"如果艾德娜和小天狼星做了所有的幕后工作，而我们都带着星星道具到处跑，这怎么可能是独角戏呢？另外，我妈妈还要唱一首行星主题的歌。"我生气地说。

那天晚些时候，小天狼星给了我一些他写好的彩排通知单，准备让我帮忙挂在我们街区的杆子和栅栏上。

"做点儿有用的事吧，小个子。"

"我们为什么需要通知？我们都知道要彩排了。"

"是的，但这是为那些可能想参加才艺表演但没有任何天赋的孩子准备的。"

我问他做这些能不能获得积分。

小天狼星烦躁地叹了口气，喊道："妈妈，凯朵想知道贴通知是不是有积分。"

艾德娜笑着说："当然有。"

我跨坐在自行车上读起了通知单："《星际盛会》的第一次彩排定于周六上午十点，在罗素家的后院举行。还有一些空位可以留给想扮演'哮天犬'或'流星'的孩子们。"我想不出我们街区会有谁想扮演，所以我走远了些，在附近的街区张贴了通知单。我回来后，艾德娜在我的表格上签了字，给了我一分。

到了周六早上，我打开纱门正准备去排练，被眼前看到的景象惊到大叫起来："哎呀！"有一群小孩儿和老人正在罗素家的后院团团转。艾德娜拿着一个凳子从人群中挤过去，她把凳子放下，然后爬到凳子上对着人群喊："这次排练只针对住在这条街、没参加其他节目的孩子。"

天哪！我想我应该只在我们的街区贴通知单。我们艰难地走下楼梯，听到艾德娜许诺会向社区中心反映大家需要更多的集体节目。

人群散去后，小天狼星向我走来，伸出手说："积分表。"

"真的吗，小天狼星？这是个误会，你就不能让我保住积分吗？"但他还是伸着手站在那里。我不情愿地把我的表格递了过去，他把它递给艾德娜，她似乎为画掉我的积分幸灾乐祸。

******

"好吧，我们开始吧。"艾德娜喊道，"今天我们先编排一下舞蹈，明天再做道具。"

她讲话时，小天狼星递给我们几张纸，让我们贴在衣服上。每一张纸上都写着人名和要扮演的天体。

　　"在表演中，你们每个人都将带着自己的大行星、月亮或星星等道具。今天你们就把自己想象成天体。小矮星已经在右边的舞台上闪烁着了。"艾德娜跪在婴儿车旁，依偎在小矮星身上，问他，"你愿意做我们的发光体吗？"

　　"咯咯！"他愉快地叫道。

　　艾德娜站起来说："假装院子的这一部分是露天舞台。大家都沿着小路走到舞台上。"我们沿着小路飞奔而下，在想象中的楼梯上迈着很高的步子，"开始绕着太阳转吧。"她说的太阳指的是帕特。

　　在我们绕圈的时候，小天狼星小声对艾德娜说了什么。

　　"水星在哪里？"她大声喊道。

　　"他得去工作，"帕特回答说，"他真的感到很抱歉。"

　　艾德娜哼了一声："嗯，我希望他能来参加剩下的排练。"

　　"到月亮了。"艾德娜转向小天狼星喊道。"月亮从舞台上空落下来。"小天狼星在走廊上说，把一个纸圈放低，系在栏杆上，它在微风中飘动着。我们都停下来看着他。

　　"不要停下来，继续绕轨道运行。该康妮唱歌了。"

　　妈妈张开嘴，又闭上了。她呼了口气，又张开了嘴。不了解她有多喜欢唱歌的人肯定会觉得她很紧张。她开始用温柔而颤抖的声音唱起来："带我飞向月球。"

"唱出来，康妮！"艾德娜说。

"我在保留我的嗓音，我不想把它糟蹋了。"妈妈抗议道，尽管早上她已经唱得如痴如醉了。

"妈妈，我什么时候入场？"星云从后门向外张望，焦急地问。

"我正要说这个。这时候，星云应该从右侧入场，在舞台的外侧行走。"

星云披着桌布，拖着步子，挥动着绚丽的双臂。五岁的杰拉德——也就是哈雷彗星——发出加速前进的呜呜声和其他喉音。他冲进来时，星云正仰着头，闭着眼睛在舞台上转第二圈。星云被杰拉德撞得后退，愤怒地大喊起来。所有孩子都大笑起来，艾德娜穿过院子去安慰星云，瞪了我们一眼，我们立刻安静了下来。

杰拉德跺着脚走开了，嘟囔着："我只是想让他不那么无聊！"

"所有人，从头开始。"艾德娜命令道。又串了两遍后，她才放我们走，"我觉得今天就到这里吧。我们下次再研究进出场的问题。明天十点钟请大家过来帮忙做道具。"

\*\*\*\*\*\*

第二天早上，我们在罗素家的地下室里集合。那里已经堆有很多硬纸板了，因为爸爸认识一个负责运送厨房电器的人，所以他搞到了一些大纸壳箱，给我们做演出道具用。爸爸把纸壳箱裁成大块，小天狼星在纸板上画素描画。他每画好一张，爸爸就用他的工艺刀将纸板切割成画好的月亮、太阳、土星或其他天体的形状。

小天狼星想帮他切，但爸爸说刀刃有点儿锋利，他担心小天狼星会受伤。"安全第一，小天狼星。"说完，爸爸就不小心在手上划出了一个小口子。

妈妈把一个旧帆布吊床撕成条状，穿过纸板圈上的两个洞系上，做成把手。帕特、星云和艾德娜将绳子的末端缝住，这样纸板天体就变得容易携带了。当他们忙这些的时候，我把报纸铺在地板上，防止颜料滴落。

我们开始根据小天狼星的素描，用蛋彩画法给天体上色。小天狼星用彩色铅笔给素描上了一层色，这样我们就知道用什么颜色了。在完成一个天体之后，我们就把它支在墙边。渐渐地，罗素家的地下室变成了一个大宇宙。我们只用了几罐颜料就把装冰箱的纸箱变成了卫星、行星和其他星星，真是太神奇了。我对即将到来的盛会感到特别期待。

# 7

# 玻璃温室

"嗡嗡嗡……"我听不清爸爸在说什么。他正在把最后一块金属焊接到他新做的雕塑《外星人的入侵》上。

"我听不见你在说什么！"我在安全门后面喊道。

爸爸摘下焊工面罩："我说'你报名了几个比赛'？"

嗯。好问题。"一个是唱片店举办的，买几张唱片就可以参加几次。奖品是去加州蒙特雷爵士音乐节的双人游。"

"你是说那种没人能受得了的吵闹音乐吗？"

"没错。"

我们静静地看着爸爸的雕塑。他用很多生了锈的旧刀叉做成外星人的手指和脚趾；用叉子在它头上围了一圈，做成头发或触角之类的。它的嘴是用滤茶器做的，鼻子用的是蔬菜削皮器。这是一个恐怖的美味作品，但我觉得还差些东西。

"爸爸，我想你应该给这台机器通电。"

"真的吗？你有什么想法？"爸爸问道。

"闪烁的灯光可以锦上添花。"

爸爸凝视着他的雕塑："嗯，好的，我觉得你说得对。我明天就弄。谢谢你的建议。"

"不用客气。"

爸爸摘下面罩，关上气罐上的阀门，走出了地下室。我跟着他穿过院子："然后，在给你买生日领带的时候，我参加了'造型先生'举办的比赛，叫作'免费租礼服和女士胸花，为自己和朋友赢取梦想中的毕业典礼'。"

"四年级哪有什么毕业典礼。"

"是没有。但我的原则是要参加全部比赛。"

"明白了。那我就不细问每个比赛了，简洁地和我说个大概吧。"我跟着爸爸进了车库，他开始从后备箱里卸下瓷砖，装进手推车，准备装修浴室。

"还有能赢取一年的免费杂货的抽奖活动。技能测试的题目是将所有省和地区按字母排序。"我已经练习过这个了。

我深吸了一口气，开始背省名："艾伯塔省、不列颠哥伦比亚省、曼尼托巴省、新不伦瑞克省、纽芬兰和拉布拉多省、新斯科舍省、安大略省、魁北克省、萨斯喀彻温省、西北地区和育空地区。"

"你缺了爱德华王子岛省。"

"天啊！"我用脑子做了笔记，赶紧记了下来。我继续列举我报了名的比赛，"拉夫汽车修理厂的老顾客可以参加抽奖，赢取红龙湖沃利荒野露营地一周游。"

爸爸扬起眉毛，一边搬瓷砖一边喘着气说："拉夫修理厂！你知道的，伯爵夫人只去刹车兄弟修理厂。"

他说着把手推车推到房子前。从我记事起，爸爸就一直在改造我们的房子。

他甚至在我们的前梯中间安装了一个固定锡制坡道，这样他就可以推着手推车上下了。我小的时候，还把它当作滑梯玩，我常常吃力地爬上楼梯，再从斜坡上滑下来，一玩就是好几个小时。

"是的，但是拉夫修理厂离这儿更近，所以我在那儿给自行车胎打气，然后在口香糖贩卖机上花了很多钱。"我接着说，"《小镇报》的'儿童栏目'会刊登出最好的打油诗，可以积三分。你想听听我写的吗？"

"当然。"

曾经有只卫斯理名字叫作狗，

*像青蛙一样呱呱叫还喜欢爬高，*

*虽然它很文静，*

*但它真的神经了，*

*那只愚蠢的卫斯理老狗。*


"很有趣的诗，但不应该是'一只狗名字叫卫斯理'吗？"

"只有在正常说话的时候是这样的，在诗歌里必须反着说，这样才更有艺术性。"

"好吧。继续。"

我挠了挠胳膊肘儿，试着回忆我还报名了什么比赛。"哦，对了，图书馆会给夏季借走第五万本书的人颁奖。这个我不太确定能获奖，因为他们不允许我一次性借走二十本书，然后当天又马上还回去。"爸爸看起来像是被我吓到，好像要开始教育我了，所以我冲过去告诉他，"我现在正在特殊期内，在比赛结束前每天只能借一本书。比赛奖品是整套《纳尼亚》丛书。"

"你应该已经读过《纳尼亚》了。"爸爸说。

"我是读完了，但是我刚刚说过……"

"你的原则是参加所有比赛。"

"很对！让我想想还有什么。对了，在精致美容院赢取全天高级青春美容护理，包括面膜、蒸汽和全身无痛脱毛。保证会让你年轻十岁。"

"它会让你变回卵细胞。"

"呃，我会把这个送给妈妈。"我咯咯笑着说，"我不止参加了这些，但我忘了还有什么。"

"也难怪。这么多比赛我永远也记不住。"爸爸说着站了起来，伸了个懒腰，"我最好赶紧把这个做完，然后洗个澡。今晚是观星之夜，轮到我看孩子。"

我之前说过，妈妈和她最好的朋友艾德娜成立了一个观星俱乐部。通常只有在特殊的天文现象出现时才会邀请孩子们参加，比如去年夏天的月食，还有我七岁时的流星雨。妈妈和艾德娜说，在喧闹的家庭生活中，观星俱乐部就像属于她们的宁静绿洲。

在天气晴朗的夜晚，她们通过艾德娜浴室的窗户爬到金属阳台上，再沿着铁制的防火梯爬到屋顶上。因为她们的房子之前是街角商店，所以屋顶是平的。她们把屋顶当作观星俱乐部的活动场地，爸爸在四周装上了栏杆（"安全第一，康妮。"他对妈妈说）。透过我卧室里的阁楼窗户，可以看到妈妈和艾德娜躺在草坪椅上，仰望着夜空。在冬天，我的任务是关掉楼上所有的灯，这样就不会影响观星了。夏天的时候，星星在我睡觉之后才会出来。每到观星之夜，我要睡觉的时候都把卫斯理带到我的房间里，那样它就不会坐在防火梯下面的地上哀嚎了。卫斯理喜欢高处，一有机会它就爬上去。爸爸说它本应成为一只秃鹰。

我们该睡觉了，但我们喜欢听妈妈和艾德娜的声音从黑暗的屋顶上飘进来，听她们谈论星座和行星。我们一起坐在窗边的座位上，卫斯理的下巴靠在窗台上，我趴在胳膊上，听着她们的说话声，望着一闪一闪的星光，看着她们在观星日记上记下观察到的星象。之前她们还是用肉眼观察的，从去年开始，她们开始轮流用一副双筒大望远镜观察星象。

但今天晚上，帕特和马修去看电影了，小天狼星和星云在他们的德韦恩舅舅家过夜，爸爸在沙发上打呼噜，小矮星睡在他的胸口上。我没什么事情可做，所以即使那天没有什么特殊星象，妈妈和艾德娜也破例允许我和她们一起熬夜看星星。

我高兴地爬上时髦的金属楼梯，来到了艾德娜家的屋顶。但我尽量表现得像一个严肃的观星者，没有表现出我的喜悦。我的睡袋在妈妈和艾德娜之间，我整理好了睡袋，惬意地躺着，不让吹过屋顶的冷风吹乱我的头发。夏天虽然天气炎热，非常适合游泳，但夜晚却很冷。

"我们需要一个观星台。"艾德娜说。

"带加热的那种。"妈妈颤抖着说。

我抬头看着闪烁着星光的黑色星空，竟然有这么多星星。我们住在镇里最高的山顶上，此刻我忽然感觉艾德娜家的屋顶是观星俱乐部的绝佳活动场地。

"我想不通为什么你不是真正的天文学家，"妈妈对艾德娜说，"你懂那么多。"

"我是在工作中学到的，"艾德娜是天文台的一名技术人员，"最近，我对各种各样的民间宇宙传说很感兴趣。我现在正在研究土著居民的宇宙传说。"

"民间宇宙传说是什么？"我问道。

"是不同文化中有关星星的故事，"艾德娜解释说，"早在史前，人类就开始研究星星了，他们认为星星看起来像人形或动物——有点儿像点和点的连接，所以创作了关于星星的故事。所有的文化中都有，但现今广为流传的是希腊人创作的名字和故事。"

"嘿，看，北斗七星！"我指着夜空说。

"也被称为大熊座。"妈妈说。

"我们叫它七兄弟。"艾德娜说。

"啊，七颗星星叫作七兄弟，"妈妈仰望着星空说，"这不是很迷人吗？"

"它们进入天空是为了躲避它们凶猛的熊妹妹。"艾德娜解释说。

"哦……在印第安人的故事里也有熊吗？"妈妈问道。

"北斗七星的名字里没有熊字啊。"我眯起眼睛说。

"北斗七星的拉丁语名字就是大熊座，凯朵。"艾德娜说。

我们又讨论了一些关于熊和星星的事情，但我记不清都是什么了，因为我睡着了。

\*\*\*\*\*\*

第二天早上，吃完早餐后我坐在艾德娜家的厨房里，和小天狼星、星云、小矮星一起又吃了第二顿早餐。我们都在嘲笑小矮星不吃松饼，而是用拳头压扁它。

电话响了，艾德娜走过去接电话。"嘿，表姐。"她对着电话说。然后她的声音变得很兴奋，我们都抬起头来，"真的吗？我当然想要！好的，几天后见。"

她挂断了电话，然后转向我们："是我在艾伯塔省的表姐贝尔打来的！他们正在更换罗斯代尔郊外观景台上旧的投币式望远镜，如果我能去取，就可以免费拿走。我们可以把它搬上屋顶，给观星俱乐部活动用。"

艾德娜搓着手，然后跑去和妈妈商量了。

大人们决定让小矮星和我们待在一起，艾德娜带着她其余的孩子们去取望远镜。所以第二天早上，爸爸和小天狼星把小矮星的婴儿床搬进了爸爸妈妈的卧室。临走的时候，星云和帕特紧紧地抱在一起，哭着承诺要建立永恒的友谊。她们哭得太厉害，感觉分别的泪水都够给罗素家的花园浇水了。

爸爸再三检查过火花塞、安全带和汽油，关上了旅行车的引擎盖，然后用抹布擦了擦手。"一切正常，"他对艾德娜说，"一路顺风。"

罗素家上了车，然后又都重新下了车，从妈妈怀里抱过小矮星，反复拥抱并亲吻他，最后他们不情愿地把孩子交给了妈妈，又回到车上系上了安全带。当旅行车从小巷里开走时，我们都挥着手，目送着艾德娜、小天狼星和星云坐的车转过弯向远方驶去。

爸爸、妈妈和帕特回到家里，准备在零食中寻求安慰。我跟在他们身后，空气中弥漫着寂寞的气息。

\*\*\*\*\*\*

两天后，我开始帮帕特看孩子。妈妈去上班了，爸爸带着伯爵夫人去了刹车兄弟修理厂。他说他会在等机修工修车的时候顺便去五金店学习金属扣眼的知识。爸爸很喜欢研究金属扣眼。

我和帕特把纸老鼠耳朵粘在小矮星的身上，这时候帕特的公主电话响了。"看好孩子。"她一边交代我，一边跑去接电话。每当马修给她打电话的时候，我都能听出她的声音变得甜美起来。她又跑了回来。"凯朵，马修想让我陪他吃午饭。你能自己照看小矮星吗？"她气喘吁吁地问。我们都知道大人们不许我自己照顾孩子。甚至都不允许我自己照顾自己，但帕特自从谈恋爱后就变得不负责任了。我们看着对方，然后看了看小矮星，又转过来看了看对方。一股姐妹间专属的信息电流从她的眼睛传向我的眼睛，又从我的眼睛传了回去，"不要告诉别人。""我不会，但你欠我的。"

"我会在一小时内回来。不要开门，不要打开任何电器，视线不要离开他，一秒也不行。"她警告我。然后她抓起钱包，从前门跑了出去。

到了午饭时间，我把小矮星带到厨房，把他放在碎呢地毯上，给了他半根香蕉、一片面包和放在碗里的一块煮熟的山药。他高兴地把食物捡起来，压在了脸上。我把卫斯理关在了门外，这样宝宝就可以在卫斯理把食物舔光之前吃到东西了。他边吃边用手指把食物挤扁。然后我一边吃着土豆泥三明治，喝着水，一边把狗放进屋里来，他可以帮小矮星清理食物残渣。

突然有邮件到了，卫斯理跑到前门，跳跃不止，狂抓门板，叫声都快把房子震倒了。我拽着地毯往前拉，把小矮星拉到了前门，然后坐在地板上看邮件。除了日常的账单和传单之外，还有一封写给凯朵·沃尔博先生的信，这个称呼看起来很有趣。

"先生！"我笑了，"这一定是指我。"

　　我打开信封，里面的内容让我倒吸了一口气。信的内容是通知我和另外两名选手一起被抽中了，我有机会赢得一个玻璃温室。我需要出席七月十一日中午十二点三十分在新花园中心举行的盛大开幕式。答对技能测试问题就能把玻璃温室带回家。这真是太棒了。我瞥了一眼《小镇报》，思考着七月十一日是哪天。今天！今天就是七月十一日。我抬头看了看客厅的时钟：现在是十二点零八分，帕特下午一点才会回来！我有点儿纠结，如果我去了会惹很多麻烦，但我又很难放弃赢得玻璃温室的机会。这将是我首次赢得比赛！而且我确定这是离不动产奖品最近的一次了。我决定参加开幕式，虽然爸爸、妈妈和帕特会因为我带孩子出门而生气，但如果我赢得玻璃温室，他们应该会原谅我的。我站起来，拉开前门窗户的网帘。婴儿车就在前梯下面。我看了看小矮星的身体，很可爱，但像灌了铅，他就像一个哑铃一样重。我该怎样把他弄下楼梯，弄到婴儿车上去？我又看向窗外，手推车的坡道！我可以让他滑下去！

　　小矮星似乎准确地猜到了我的想法，因为我刚打开前门，他就以最快的速度向坡道爬去。我跳到他的面前挡住他，哄着他往后坐坐，不让他离坡道太近。我在他身后坐了下来，把腿放在他的两侧，用胳膊搂住他的肚子，接着又往前蹭了蹭，让我们坐在距离坡道顶端几厘米的位置。

"啊！"下坡的时候我们俩都尖叫起来。但把他弄进婴儿车又是另一回事了。我把小矮星和婴儿车都拖到草坪上，这样万一滑倒了还能缓冲一下。我可以把他抱得很高，却没有多余的力气把他狡猾的双腿塞进婴儿车里，所以我不得不再次把他放下来。我绝望地环顾四周，在花床上看到了妈妈在种植牵牛花时坐的小木凳。（你只有一副膝盖，凯朵。）

我把婴儿车推到了栅栏旁，防止它滑动，同时告诉小矮星："待在这里！"然后我抓起凳子，把它放在婴儿车的前面。我转过身来，差点儿摔倒在小矮星身上。他爬到了我旁边。

"好吧，小矮星。"我抱住他的胳膊，把他拎了起来，让他的脚离地。我们慢慢地转了一圈，然后——

"卫斯理！"它缩在婴儿车里，细细的四条腿都挤在一起。

我摇着头、拉着脸，一字一句地说："出来！下去！走开！"但卫斯理却坐在那里，腼腆地微笑着。我已经没力气了，但还得再把小矮星放在草地上从头再来，"别再胡闹了。我们要去赢玻璃温室——出去，出去，出去！"卫斯理

不情愿地滑到了地上。我深吸了一口气，把小矮星举到了凳
子上，然后又喘了一口气，把他放到了婴儿车座位上，最后
用尽浑身力气，把他的身子扭过来，绑上了安全带。我们只
剩四分钟的时间要走四条街赶到五金店所在的新花园中心。
把婴儿车推出大门的时候，我已经气喘吁吁、满身是汗了。
幸运的是遇到了下坡路，我松了一口气，但我没有想到小
矮星的重量是炮弹级的。我拐到了人行道上，准备快速小跑

下坡，婴儿车加速的时候，我的胳膊差点儿脱臼。为了安全我咬牙坚持着，我跑得飞快，下坡时脚像螺旋桨一样不停旋转。卫斯理在我们身边飞速跑着，小矮星高兴得尖叫起来。幸运的是，路面很快就平缓了，我们终于回到了正常的速度。

我们在拐角左转，到了泰恩街，当我们走近舞台时，我听到了铜管乐队发出的呜呜的声音。我还看到街道尽头有很多气球，一群人挤在人行道上。广播吱吱地响了起来。

"欢迎大家来到'格丽塔绿色植物'的盛大开幕式。我是格丽塔，我希望你们能喜欢我们提供的免费甜甜圈和咖啡，你们还可以领取免费的薄荷幼苗，把它们种在家中的花园里或是窗台上的花盆里。

"现在到了你们期待已久的时刻：李尔甜豌豆玻璃温室的抽奖环节。李尔甜豌豆玻璃温室将为你的花园锦上添花，我们现在开始接受订单。三位最终选手中已经有两位站在舞台上，就在我的旁边。非常不幸第三位没能到场。"

"我就在这里！我在这里！"我尖叫起来，就在这时铜管乐队吹起了号角，把我的声音淹没了。

"选手们，你们准备好回答技能测试的问题了吗？"

"是的！"舞台上，两个长着灰头发，一看就是搞园艺的人热情地回答着。

"我还年轻，不会犯心脏病的。"我喘着气，尽可能快地推着小矮星。心跳声撞击着我的耳膜，几乎盖住了格丽塔介绍选手的声音。我能看到李尔甜豌豆玻璃温室的顶部，在阳光下玻璃板和刚刷好的油漆闪闪发亮。

"题目来了，"格丽塔笑着说，"在古代，园艺家会根据星座来进行种植和收割活动。最著名的星座之一就是北斗七星。这个星座的古典名称是什么？"

"哦，哦，哦！我知道，是能大座！不，不是能大座。是熊大座。"我气喘吁吁地说。在我们匆匆经过药店时我试着回忆那个名称。艾德娜难道就不能生一个轻一点儿的孩子吗？"别再叫了，卫斯理。我听不到答案了。"

"1号选手，玛丽·陈夫人？"

"是勺子座吗？"

"不好意思，不是哦。请大家注意，这个古典名称是拉丁语的。2号选手，特伦斯·帕兹先生。你能告诉我们这个通常被称为'北斗七星'的星座的拉丁语名字吗？"

"是巨大的汤勺吗？"人们都笑了起来，帕兹先生看上去很恼火。

"抱歉，不是。好吧，目前看来没有人获胜。我要和我的员工商量一下，再想一个附加问题。"

"等等，等等！"我在人群边缘尖叫起来，在空中挥舞着我收到的信，"是我，凯朵·沃尔博先生。"

"稍等，最后一个选手在这里。"人群中有人喊道。

"让她过去吧。"又有人叫道。

格丽塔转过身来，眯着眼睛看着小矮星、卫斯理和我在人群中蠕动。当我们走到舞台下的时候，人们伸出了手，神奇地把我们举了上去。我把信递给了格丽塔。格丽塔看了看信，然后又看了看我："你并不是男士，对吗？"

我感到被侮辱了："当然不是！"

"那你是凯朵·沃尔博吗？"

"是的，凯朵就是我。"

"很好，凯朵，你是否能赢得'格丽塔绿色植物'提供的李尔甜豌豆玻璃温室，胜负在此一举，请回答拉丁语名字叫什么……"我差点儿脱口而出"能大座"，但我突然想起了屋顶上艾德娜的声音。

"是大熊座！"我得意扬扬地喊道。

"正确！"

人群欢呼起来，乐队也开始表演，卫斯理吼叫着，小矮星也尖叫起来。那是幸福到眩晕的时刻。我的头都要爆炸了。

每个人都在背后祝贺我。格丽塔露出了八颗牙的微笑。

"不要随意走动。"她说着转向观众，"谢谢大家。请随意享用点心，记得我们有买一赠一的开业活动哦。"

格丽塔的销售助理是帕特班上一个叫乌拉的孩子。她要了我的电话号码，问我下午两点到五点是否可以在家收货。有人递给我们每人一个甜甜圈。卫斯理狼吞虎咽地把它的那个吞了下去，然后在周围的地上搜寻着各种食物碎片，贪婪地吞下去。我把小矮星的冰甜甜圈和我的糖霜面包交换了。他用仅有的一颗牙齿嚼起来，不一会儿糖霜就粘得满脸都是，面包屑也弄到了耳朵里。一个《小镇报》的工作人员走了过来。因为看过《小镇见闻》专栏最上方的照片，所以我认出了他。是布莱尔·格莱吉！他举起相机问："我能不能在温室前给你和婴儿拍张照片？"我的膝盖都发软了。

我感觉自己变成了举足轻重的人物，简直像做梦一样！但我一直努力表现得像我经常上报纸一样淡定。就在那一刻，小矮星决定和我分享他的面包。他把面包扣在了我的脸上，面包馅儿顺着我的脖子流了下来。

"赢得玻璃温室的感觉如何？"一个声音出现在我的左耳边。我跳了起来，转过身，看见吉米拿着签字笔和笔记本站在那里。

"你！"我擦了擦脖子，看着自己手上的红色果酱。

"谢谢你，布莱尔，接下来交给我吧。"吉米说。布莱尔假装敬了个礼，正要走开的时候我问他："我能通过采访别人获得积分吗？"布莱尔转过身来说："应该可以。是这样的，如果我觉得不错并在报纸上刊登个人采访，我会给你积分的。"

"谢谢。"

"不客气。祝你好运。"

我转向吉米，不知道该先采访谁。他站在那里，在笔记本上胡乱写着什么。他在干什么？

"你没什么要问我的吗？"

"为什么要问你？我已经认识你了。"然后，看着我痛苦的表情，他说，"好吧。你打算在温室里种些什么？"

"呃……"

"看吧，我就知道你没想过。我知道你参加了所有比赛，不管是什么样的。"

"橘子。我喜欢橘子，我要种橘子。"

"你要在那玩意儿里种棵树？"

"哦，也许不是……西瓜。"

"嗯哼。"吉米一边含糊地说，一边乱写乱画。然后他说，"凯朵·沃尔博，你获胜是因为了解星座知识。对你这个年龄的人来说，天文学是一个罕见的爱好。这是怎么回事？"

"我参加了观星俱乐部。"我有些虚张声势。吉米装作有点儿感动的样子，然后低头记录下来。

我正准备问他对我的采访什么时候能上报纸，一个孩子走过来对我说："你的狗正在啃垃圾。"我的目光随着他的手指看去。我吓坏了，赶紧推着婴儿车把卫斯理的头从垃圾桶里拖出来。那一刻，我突然想起时间已经过了很久，帕特应该已经回家了。我在卫斯理的项圈上系了一个气球，把绳的另一端绕进我的皮带环里，这样我就可以边推婴儿车边把卫斯理拽走。

把婴儿车推上山是一件很痛苦的事。"你的尿布里有铁板吗？"我在喘息的间隙里问小矮星。

卫斯理的肚子奇怪地鼓了起来，走路还晃来晃去。它时不时坐下来呻吟。我不得不求着它继续前进。我们终于走回了家，走进前门的时候，帕特在楼梯顶端尖叫道："他们回来了！"

妈妈跑了出来："凯朵，你去哪儿了？爸爸正开车到处找你呢。"她跑下楼，把小矮星抱了起来，检查他有没有受伤。然后她转向我和帕特。我从没见过她这么生气。帕特的脸红了，眼睛盯着地面。"凯瑟琳和帕特丽夏，我对你们两个很生气！回你们自己的房间去！"

"可是妈妈，我赢了！"

"我不在乎你是不是赢了！"

卫斯理开始在步行道上呕吐，我们的对话以这样的方式结束了。

没过多久，我听到一辆卡车开了过来，有人在敲前门。我向窗外望去，只能看到一辆面包车的尾部，上面写着"……丽塔……植物"。是玻璃温室！我听到妈妈和司机说他一定是搞错地址了。

我大喊着往楼下跑："不要把他赶走！是我赢的！"妈妈允许我在楼下待一段时间，把事情解释清楚。

# 8

# 观星台的外星人

因为小矮星事件，帕特被罚一个星期不能和马修见面，也不能用她的公主电话和他打电话。而我被罚不许熬夜看《卧底特工》，还要用喷壶浇数百株向日葵幼苗、打扫厨房地板，还得给狗清理六次呕吐物。显然，甜甜圈对卫斯理并不友好。

在我第九十七次把喷壶灌满水时，我注意到爸爸抱着小矮星在温室里转了一圈又一圈，边拍打着他边和他说话，把门窗开了又关，关了又开。

"你在想什么呢，爸爸？"我问，摇摇晃晃地拎起了灌满水的喷壶。

"好吧，孩子——我是说，凯朵，"他透过眼镜瞪着我，"我本不该跟你说话的，但既然你问我了，我们在观察这个温室，感觉它非常好。"他举起小矮星胖乎乎的手腕，把一颗覆盆子吹到了他的手掌上，逗得他哈哈大笑，"天气太热的时候，它还有一个天棚可以保护植物。"他指着一根从支柱墙上耷拉下来的滑轮绳说。

我放下喷壶，走过去拉绳子。一块米色的帆布在我们头顶上方展开，然后整个温室都被笼罩在阴影中。我反复开关天棚，赞叹着便捷的操作。"好顺滑。"我透过玻璃望着天空说。

"玻璃温室放在这儿有点儿大材小用，"我说，"妈妈和艾德娜可以把它当作特殊的天文台。"

爸爸抱着小矮星走了出去。他来回张望玻璃温室和艾德娜的屋顶，说："见鬼了，我竟然觉得你说得对。"

"可是我们怎么把它弄到屋顶上去呢？"

"滑轮组，呃，凯朵。别忘了基础机器可以创造奇迹。

我们就是那样把望远镜弄上去的。"

"我彻底忘了这个办法，还以为要把它拖上楼梯呢。"

小矮星指着温室，叽里咕噜地说着什么。爸爸把耳朵贴在婴儿的嘴上，然后向后仰了仰，惊讶地盯着他。"真的吗，小矮星？"爸爸问，很明显他感到了震撼，"多好的主意啊！也许你长大后会成为一名建筑师。"

他转向我说："小矮星建议我做个天窗，可以在晴朗的夜晚打开。"

我半信半疑地看着那个婴儿——他甚至还不会说话，至少他从来没对我说过话。但我还是决定附和他们。

"你简直是个天才，小矮星！还有，爸爸，我们要装暖气吗？艾德娜和妈妈会感冒的。"

"会吗？呃，好吧，我可以在艾德娜的屋顶装个插座，用小加热器！"

"冬季观星！"刹那间，我们所有人都被这个绝妙的计划惊呆了。

"艾德娜和孩子们计划什么时候回来？"爸爸问道。

"星期六。"

爸爸想了想，然后点点头说："嗯，时间应该够用。"

他轻轻地把婴儿抱在怀里，"你觉得呢，小矮星，思考了这么久，该吃点儿零食，打个盹儿了吧？"

\*\*\*\*\*\*

当天下午晚些时候，爸爸把工具搬到了院子里，在温室周围搭了一个临时围栏，把邻居家的孩子和狗拦在了外面。

"安全第一，伙计们。"但还没等他开口，我就拉住了他的胳膊。他弯下身子，我够到他耳边低声问了个问题。爸爸温柔地笑着说："这是有可能的。"

我们这些孩子都围着他，看着他干活儿。当我向他们说明观星俱乐部的活动，解释日食、流星雨等宇宙现象时，我感觉自己就像一个博物馆解说员。爸爸在造的不仅仅是一个天文台，更是一个专业的保护盾，用来抵御太空射线。我朝两侧看了看，然后压低了声音。孩子们都睁大眼睛向前倾着身子。"外星空间射线。"

"哦，真对，凯朵。"温斯顿讥笑道。

我叹了口气，耸了耸肩："你不相信我也没关系，我又不会有任何损失。但政府要求全国各地的观星俱乐部在本周末统一观察星象，一旦发现不明飞行物的迹象，立即通知他们。所以我向所有对科学怀有好奇的人发出邀请，现在就可以报名参加预计在本周日晚上举行的观星活动。我会记下你们的名字，只要花上25美分的惊爆价，你就可以登上位于小镇最高山顶的观星台，获得一生难忘的体验。"

每个人都报名了，包括温斯顿。

"记住，"我告诉他们，"这是最高机密。天黑以后，你们得偷偷溜出来。"

晚饭后，妈妈、帕特、小矮星和我出去看爸爸示范如何拉开天窗。我们每个人都试了一下，都认为它非常顺滑，开合简单。

妈妈很激动。"哦，弗雷德！"她伸出双臂搂住了他的脖子，给了他一个大大的吻，"我嫁给了世界上最优秀的男人。等艾德娜回来看到它吧！"爸爸脸红了，看起来很自豪，但他只说了一句话："该让它去屋顶的观星台了。"

接下来，他在艾德娜家的屋顶和我们楼上浴室窗户之间的空隙上放了一根横梁，用来放滑轮组。然后街区里的其他叔叔们也过来帮忙抬玻璃温室。

他们听起来像海盗，大喊着："这边好些，弗雷德！"

"抬起来了！"

"啊！"

"哇！"

"都起来了！"

"动的时候稳一点儿！"

电影般的场面震撼人心。后来，邻居叔叔们在一起站了好长时间，互相恭维祝贺。

邻居家的孩子们观察外星人的热情也水涨船高，并不停地问我登记上了没有。爸爸把滑轮组留在了上面，其他叔叔答应等艾德娜回来后再过来帮忙把望远镜弄上去。

星期六早上，爸爸在玻璃温室里安装了电源插座，放上了一个小加热器，还有一些长凳和一个储物柜。

\*\*\*\*\*\*

午饭后，当艾德娜的旅行车开到她家后面的小路上时，我们都出去迎接他们。罗素一家一下车，就冲向婴儿。小矮星太激动了，妈妈不得不挣扎着扶住他。他挥舞着双臂，叽叽喳喳地说着话，扭动着身子，扑过去想接近他的家人。要

不是妈妈紧紧地抓住了他，他早就摔倒了。

　　"我还以为他想飞呢。"妈妈边说着边对艾德娜微笑着，把小矮星交给了她。

　　我很惊讶，平时不动声色的小天狼星竟然如此急切地想从艾德娜手中接过孩子。他把小矮星举起来，脸上带着温柔的微笑，哽咽着说："你好啊，小男孩儿。"他把鼻子伸进婴儿的头发里吸气。

"来吧，小天狼星，该我了。"星云恳求道。小天狼星不情愿地把小矮星交给了她。

"我好想你。"星云揉着小矮星说。

罗素一家团圆的景象真是让我大开眼界——我以前没发现他们竟然这么多愁善感。

帕特和星云紧紧地抱在一起，呜咽着，仿佛她们已经分开了十年，而不是只有七天。艾德娜把小矮星抱了回来，在他咯咯地笑的时候不停地亲他。

"艾德娜，我们给你准备了一个小惊喜。"妈妈说。

"我看到了！"艾德娜仰着头说，"弗雷德，谢谢你帮我们装了滑轮。"她伸出手，把胳膊搭在了爸爸的肩膀上。

"还不止这个。"妈妈微笑着，示意艾德娜跟她走。我们看着她们消失，走进艾德娜的房子里，又在防火梯上重新出现。当她们爬上屋顶时，我们听到了艾德娜的尖叫声。然后又听到一阵笑声，"哦，不"的声音和说"你在开玩笑"的声音。我猜妈妈在和她讲我是怎么赢得玻璃温室的。我希望她没提我带小矮星出去的事。

　　小天狼星站在那里，双手插兜，低头看着地上的碎石，不停地用脚踢它们。我问他是不是在挖通往中国的隧道，他含糊地说他要去检查一下自行车轮胎的气压。但在他转身离开之前，我问他是否能帮我想个主意。他点了点头说"好的"。

　　我转过身去，看到大家都跟着爸爸走到了罗素家的旅行车上。他打开后备箱，掀开防水布，里面有一个灰色的旧望远镜。

　　"投币式的吗？"一个邻居叔叔猜测道，他越过爸爸的肩膀往里边看。另外两个叔叔也过来了，他们四个把望远镜从车里抬了出来。

　　爸爸发现需要不停地投入 25 美分的硬币才能连续使用望远镜，于是他用焊枪切掉了硬币箱的盖子，这样就能把硬币拿回来了。尽管镜头有一些划痕和斑点，但大家轮流试用后一致认为它比双筒望远镜的效果好很多。接着又到了大力士出动的时间，叔叔们把望远镜运到了屋顶上。天气预报说在下周一之前都是阴天，所以妈妈和艾德娜决定在下周一举行首次观星活动，到时候使用新的望远镜和观星台。

　　在观星活动的前夜，艾德娜和孩子们来我家聚会。当大家都在看电视的时候，我溜了出去。天快黑了，孩子们已经在艾德娜家的后门外面排起了长队。我走到队伍前面，敲了三下门。小天狼星打开了门，手里拿着一块写字板，上面夹着一份名单。孩子们依次默默地交了 25 美分，小天狼星挨个儿在他们的名字旁边打钩：来自小巷尽头的双胞胎格洛里亚和露丝，住在我们对面的贾斯宾德、温斯顿，还有住在街区那头的两个孩子。小天狼星没说话，用手电筒的灯光引领着大家穿过昏暗的房子，爬上楼梯，跨出浴室的窗户，然后上了防火梯。算上我和小天狼星一共十一个孩子都挤进了观星台，小天狼星把手电筒递给了我。

"你们将要看到的是，"我严肃地说，同时把手电筒托在下巴底下，放大惊悚效果，"地球人从未见过的。"露丝开始用高音呻吟了起来，拉起了姐姐的手。

温斯顿暴躁地说："别哭了，你这个笨蛋，什么都不会发生。这都是她编的。"

我把手电筒关掉，喊道："哦，我的上帝，外星人已经感受到了我手电筒电池中的能量。他们一定在靠近我们。我会拉起遮阳板，这样我们就能看到他们正在接近了。"

刚刚还在呻吟的露丝现在真的大哭了起来。我慢慢地拉动绳子，将帆布折叠了起来，露出一个奇怪的剪影挡住了夜空。

"那是什么？"贾斯宾德大叫道。

他们都喘着粗气。

我把手伸到背后，按了按延长线上的开关。当爸爸做的外星人雕塑亮起来时，孩子们都尖叫起来。在它的眼睛后面，灯光一闪一闪的，尖尖的叉子忽明忽暗，像是在眨眼睛。当孩子们吓得冲出天文台时，另一个外星人，一个四条腿的绿色外星人发出了可怕的喘息声，向他们冲了过来。

"啊啊啊啊啊啊啊！"

"妈妈！"温斯顿叫得最大声。

"我们快跑吧！"有人喊道。

几秒钟后，屋顶上的人群就散了，只有我和戴着外星人橡胶面具的卫斯理，我把它刷成了绿色的，还有小天狼星，他正在傻乎乎地笑。

"小天狼星，我之前从来没听你大笑过。"我说着，试图把卫斯理的假面具扯下来，他正在疯狂地扭动身子。

"你知道的，你永远也弄不掉狗身上的绿色油漆。"他说着，又继续笑了起来。

\*\*\*\*\*\*

　　第二天，我和妈妈花了大半个上午给卫斯理洗澡，还剪下来一大块干巴巴的油漆。之后，我们坐在桌子旁吃零食恢复体力。我喂卫斯理吃了点儿，它吞下去之后，把爪子放在我的腿上，对我笑了笑。它的微笑很可爱，只是被残酷的现实破坏了，它身上有的地方已经秃了，剩下的地方还是浅绿色的。

"凯朵，你是怎么想的，能用粉刷车库剩下的油漆？"在给卫斯理洗了三次澡之后，妈妈向我抱怨道。

"我只能找到这个绿色油漆。爸爸还说过用肥皂和水可以洗掉乳胶。"

"那是在湿的时候！等干得像水泥一样硬的时候就不行了。"

现在我要全权负责遛狗，因为没有其他家庭成员愿意干这件事。

帕特说："我死都不想让人看见我和那只狗在一起！"

不管怎样，卫斯理似乎并不介意。爸爸说它有逆商。

\*\*\*\*\*\*

"扑通！"

我从椅子上一跃而起，冲到前厅，猛地推开前门。我抓起报纸，把它藏在 T 恤下面，小心翼翼地溜上楼，转身关上了卧室的门，然后才打开报纸读起来。啊，真丢人！我呻吟着瘫在了地板上。就在吉米专栏的上方（顺便说一句，专栏的内容是关于丢脸的垃圾而不是关于我赢得的李尔甜豌豆奖）刊登了我和小矮星还有卫斯理拍得最糟糕的一张照片。如果妈妈和爸爸看到，他们又会生我的气。所以我把它剪下来藏起来。

"凯朵，《小镇报》在你那儿吗？"妈妈在楼下喊道。

"呃……"我把它塞到床垫下面，然后打开门朝下面喊道，"没有，我听说今天不送了。"

"我都听到有东西落到门廊上的声音了！把它拿下来，凯朵。今天报纸上该有杂货店的优惠券。"我耸了耸肩。我的谎言是完美的——在平行宇宙里大家就会相信的。我走下楼梯，站在餐桌旁，把报纸拿在胸前。

"你拿剪刀了吗？"

"可能吧。"我嘟囔道。

妈妈生气地说："天哪，丫头！我必须自己动手吗？我还以为你喜欢剪优惠券呢。"妈妈从我怀里把报纸一把抓了过去，坐在桌旁，一边翻阅一边哼起歌来。

她哼着哼着停了下来："凯朵，这张报纸上有个洞。"她举起最后一页。我没有想好怎么回答，所以决定走为上策。

“我想我得去《小镇报》那里检查一下我的积分。”我说。

“先给我看看你从报纸上剪下来的部分再去。”我不情愿地从卧室里取回了那张照片。妈妈皱着眉头看着它。

“帕特，你能过来一下吗？”妈妈喊道。帕特暂停了电视上的健身节目，走进厨房。妈妈把剪报递给她。帕特盯着它，然后她们两个人捧腹大笑起来。

“我想我现在要去《小镇报》那里了。”我努力维护我的尊严。

“你确定他们愿意每天都看到你吗？”妈妈边擦眼泪边问。

我和她说初级记者朱迪整个夏天都被困在前台工作，好不公平。

“好吧，那样的话……”妈妈还在咯咯地笑着，吸着鼻子，她打开了一桶米花糖，拿出两个，用蜡纸包了起来，“给她这个吧。女生在无奈的时候需要吃好吃的。”

“我可以吃一个吗？”

“我以为你更喜欢果冻甜甜圈。”她说，然后她们俩又笑得前仰后合，“每当你去找那个记者的时候就和我说，那样我就可以给她准备好吃的，给她点儿安慰。”

我带上米花糖冲出了门。

她们还在不停地笑，我走到后门台阶的时候还能听到笑声。

"不，我才没有喜欢果冻甜甜圈。"我嘟囔着，把米花糖扔进自行车篮里，沿着小巷骑行。

我走进《小镇报》办公室的时候，邮递员刚刚来过。

"嘿，凯朵，需要帮忙吗？"朱迪一边用裁纸刀把信划开一边问道。

我等着她改完"已收到"印章的日期轮，把印章压进印泥里，然后再狠狠地戳在信上。"我喜欢看你旋转日期转轮上的数字，调整印章日期。"

"我来看看你有没有收到我的投稿信，还有妈妈让我把这个带给你。她说是为了替我表示歉意，因为我老是缠着你。"

"哇，谢谢。你妈妈真好。请转告她这是我最喜欢的食物。"朱迪说着，打开包装咬了一大口。我羡慕地看着她咀嚼米花糖，并抑制住了也想要咬一口的冲动。我觉得我变成熟了。

"哪封投稿信？"

"把自治领日改成加拿大日的那封。"

朱迪快速地翻着信件:"啊,这封看起来像你的字迹。"她撕开信封,打开我的信,大声读了出来。

亲爱的编辑:

  每年夏天我们都会庆祝一个叫作"自治领日"的节日。我对英国女王并没有任何不满,她看起来是个好人。但我觉得我们不该为了她而庆祝。英国人可以给她过节,但加拿大不应该继续被英国征服了。我们都穿着长裙,带着步枪庆祝是可以的,但现在我们应该叫它"加拿大日"。

          爱国的,

          凯乐·沃尔博

"好信!我同意。"朱迪说着,猛敲了一下带日期的"已收到"印章,"我打赌他们会刊登它的。"

"真的吗?"我兴奋地问,"发表一篇文章能得三分?"

"是的。"朱迪一边回答一边继续处理起信件来。

"那么这个呢?"我举起果冻甜甜圈的照片剪报。

| 描述 | 积分 | 签名 / 印章 |
|---|---|---|
| 小镇报 少年记者大赛 | | 姓名 _____ |
| ~~亦盘耶~~ | 2 | ~~母好 王~~ |
| 放贴海报 | + | 丈摄娜 罗条 |
| 阅读工作周出馆载书 | l | 来娟麦 |
| 凯朵的照片登上报纸 | l | |

**积分表**

总分 _____

朱迪笑了："我看到这个了。再加一分。"

"优秀！"我展开我的积分表，递给朱迪，看着她填好描述，然后重重地敲上《小镇报》的印章。我加了加我的分数，然后把表收起来。

当我抬起头时，朱迪正用手托着下巴吃米花糖。她看起来有点儿烦躁。"你什么时候可以开始做报道工作？"我问。

她叹了口气，吃掉最后一口糖，然后舔了舔手指，用手指蘸了蘸蜡纸上的糖屑："我希望今年秋天可以。报社需要专业人士做前台工作，但所有男生都去做新闻报道了。我们女孩子想在新闻行业出人头地是很难的。梅尔巴·辛格拥有麦吉尔大学的政治学学位，但他们却让她当时尚版块的编辑，岂有此理！"

在回家的路上，我回想着朱迪说的话，我想等我长大的时候，女孩儿应该会更容易实现职业理想。


\*\*\*\*\*\*


找完朱迪，下午明子和我去了猫和老鼠咖啡馆。明子同意我采访她了，如果《小镇见闻》栏目的布莱尔·格莱吉跟进采访，我就能得到两分。红色的人造革卡座似乎是一个完美的采访场地，因为座椅靠背很高，让人感觉很舒适，像被包裹着似的。另外，这里每桌都有自己的点唱机。我决定不提我的照片登报的事，因为妈妈和帕特嘲笑了我，我心有余悸。

一坐下来，明子就问道："到目前为止，你得了多少分？"

"只有两分。"我不好意思地说了实话。

"哦，我的天哪！我应该把你帮我的分数加上去的。你带表格了吗？"

"谢谢。"我高兴地说，然后从口袋里拿出表格和铅笔。我填上了分数部分和描述部分，然后交给了明子，她用像老师一样整洁的字迹签了名。她把表格还给了我，然后把一沓75美分的硬币放到我面前的桌子上。

"我们来放点儿音乐吧。"

"你喜欢什么样的音乐？"

"摇滚。它让我变得……对我的关节很好。"

我转向点唱机，翻起了印在透明纸上的歌单。

"《土豆泥时间》怎么样？"

"听起来很完美。"

　　我按下按钮。我们边用叉子吃派，边跟着歌声晃动身子。"在我出生之前，我妈妈曾经录过这首歌。她还要在才艺表演上唱歌。"

　　"我都不知道她这么有才华。真棒！"

　　"是的！她会在我们表演《星际盛会》时演唱《带我飞向月球》。"

　　"那将是一场难忘的才艺表演。"

　　我又吃了一口派，高兴地点了点头。我觉得是时候开始采访明子了，所以快速咀嚼完咽了下去。"好的，第一个问题，"我问，"您多大了？在哪里出生？"

　　"我七十六岁，在京都出生。我 1913 年来到加拿大。那时我二十四岁，是一名教师，我是在日本学的英语。我在这里遇到了我的丈夫，我们有两个孩子，一个儿子和一个女儿。"

　　"他们现在在哪儿？"

　　"他们战后搬到了多伦多。"

　　"那您为什么不跟他们一起去呢？"

　　"我回到了原来的学校教书。在我这个年纪要在新学校找工作太难了。"

"您为什么后来又不教书了？"我问。

"战争期间，我们被关在集中营里。我们都丢掉了工作，也失去了家。"

"集中营？"

"是的，生活在西海岸的日裔加拿大人被软禁——关在集中营里。"

"关起来，在集中营里？"我感到十分震惊，停下来不再吃派，尽管那是蓝莓做的，冰激凌也都化了。

"政府没收了我们的房子和所有的财产，把我们送到了集中营。"明子抿了一口咖啡，又吃了一口樱桃派。我坐在座位的边缘，等着她咽下去之后继续说，"他们以为我们会变成日本人的间谍。"明子的声音有些颤抖。

"可您还住在这儿啊。这是不是代表您原谅了加拿大？"

"如果有人向我道歉的话，我会原谅的。"明子招了一下手，让女服务员给她续杯。

"你种的覆盆子怎么样了？"服务员佩妮问她。

"很甜，可能鸟也这么觉得，"明子说，"大部分都被鸟吃光了。"

"什么？所以今年没有果酱了吗？"佩妮沮丧地走向了

下一桌顾客。

明子向前倾了倾身子，低声对我说："我去年给了她一罐我做的果酱，她一直还想要一些。"然后她提高了声音说，"这里有点儿安静。再选一首歌吧，凯朵。"

我挑了披头士乐队的《爱我吧》。我问明子："您觉得男人应该留长发吗？"

"当然可以，为什么不行呢？这也是采访的一部分吗？"

"不，我只是对披头士感到好奇。"之后，我又向明子了解了教师生活、集中营生活以及战后生活的细节。我在笔记本上备注我要去图书馆找一些日裔加拿大人在战争期间的遭遇的资料。明子回答了我所有的问题，耐心地等着我记录下来，她甚至还帮我检查了拼写。我心满意足地合上了笔记本。

"我要把这个寄给布莱尔·格莱吉。如果他能用作《小镇见闻》的素材，就会给我两分。"我确实从明子那里了解了很多加拿大的历史，但并不怎么光彩，"我觉得他们应该把您的房子还给您，并向您道歉。"

"我觉得也是……你想到怎么能在才艺表演上展示故事盒了吗？"

"还没有，但我一直在想。"

****** 

"啪。"第二天早晨，《小镇报》又到了。我跑过去把它拿到吃早餐的桌子上。爸爸已经开车送帕特去马什顿参加青年女子羽毛球锦标赛了。我翻到星座运势的部分，念出了我的运势："今天星星不在你身边，请宅在家里。"妈妈的星座运势是："今天你不会犯错。人们会需要你的建议。尽情发挥你的创造力吧。"

我继续翻着报纸，兴奋地叫了一声——优惠券！鞋店正在进行童鞋促销。"买一双，第二双五折。"我的运动鞋漏了洞，所以我把优惠券给妈妈看了。

"把它剪下来，凯朵。不如我们今天就去。今天早上你可以和我一起去工作，然后我们一起吃午饭，吃完去购物。"

"但我的星座运势说让我待在家里。"

"好吧，那我们只好冒险了。"

在二手旧货店开门之前，我们就到了，所以只能从红砖楼西边的大绿门里面进去，清晨的阳光照不到这边。商店里面积很大，还很幽暗。妈妈按了墙上的开关，我抬起头看到木制吊扇慢慢运转起来了。

"我们先不开灯。"妈妈边说边领着我走过货架之间的过道，货架上挂着二手女士连衣裙和男士衬衫。我闻到了这个地方特有的二手气味。

"我们可以就在这里买鞋。"我提议说，从童鞋货架上拿起一双绿色的凉鞋。

"我发誓以你的费鞋程度，没多久就穿坏了。你能跑的时候从来不走。"

商店最后面有一扇转门，门上写着"只限员工入内"。我跟着妈妈走进禁止普通顾客进入的内部空间时，还有点儿激动，我感到了优越感。妈妈一边把钱包放进储物柜，一边和两名正在员工桌旁喝咖啡的员工打招呼。

"卡拉，托尼，早上好。你们还记得我家的凯朵吗？"

"我好像以前没见过你。"卡拉说。我像爸爸一样伸出手，她的手软绵绵的，握手的感觉就像在摸一只死老鼠，但托尼的握法却恰到好处。他友好地用干瘪的手握着我的手，没有握得很紧。

"我记得你。"托尼笑了，"可当时你只有这么高。"

他把手放低到离地面大约五十厘米的地方。

妈妈打开保险箱，取出金属钱箱，我跟着她回到了店里，她打开了收银机。因为妈妈在这里工作了很长时间，再加上她善于理财，所以当上了值班经理。我喜欢她数钱的样子，速度很快，一张一张点过之后再把一沓一沓钞票塞进不同的小格子里。硬币都装在西格拉姆的紫色天鹅绒袋子里，妈妈把袋子倒在了刮花的玻璃工作台上，硬币一个一个地蹦出来。我看她数硬币从来不会觉得不耐烦，她把手拱成杯子状，再迅速地把硬币拖到柜台边缘，让它们落进手里，硬币在玻璃上发出清脆的摩擦声。在她工作的时候，我安静地待着，不像小的时候总是吵得她数不清钱数。

"50美分的硬币。"妈妈边说边把硬币扔进金属箱。我在便笺簿上记下了每个面额的数量，然后敲进了计算器。把所有的钱都加在一起后，妈妈让我把抽屉关上，我最喜欢听装有弹簧的抽屉"咔嗒"一声就位时把硬币带得"哗啦哗啦"的响声。然后铃声也随之响起，她把前门的钥匙给了我，我跑到妈妈前面去开门。已经有人在等着了。每天开门的时候都有一个老太太站在门口。

"我敢说你肯定担心我不来。"她一边对妈妈说，一边拄着拐杖蹒跚地走了进来。

"是的，但现在我把心放肚子里了。"妈妈附和着说，老太太听了之后开心地咯咯笑起来。早上，我待在柜台后——也是玻璃展示柜后面——坐在一个脚凳上，做着我最喜欢的事情——重新摆放珠宝、手表和相机，还有贵重物品，比如有珍珠把手的安全剃须刀之类的。我试戴了耳夹，但不能戴太久，因为夹得耳朵太疼了。我一直把手镯戴在手臂上，把戒指戴在所有的手指和脚趾上，扭动着让它们闪闪发光，但大多数首饰都很脏，也不怎么亮。妈妈像往常一样背诵着《鹅妈妈》童谣：

骑着木马去班伯里大十字架，
去看骑着白马的漂亮女人；
她的手指上戴着戒指，脚趾上戴着铃铛，
无论她走到哪里，都要放音乐。

我小的时候，她经常把我放在膝盖上，背到每句的末尾都说着"哈哈"，然后把我向后仰。她说我总是说"再来一遍"，直到她累得晃不动才会停下。

之后，我帮托尼上架了最新一批募捐的鞋子。我也试穿了一些，尤其是高跟鞋和巨大的男鞋。之后我就一个人在店里四处游荡。我最喜欢的餐具是奇形怪状的茶壶，有的像大象，有的像桌子，壶盖子像打印机——我猜那个是作家茶歇的时候用的，边喝茶边思考接下来的故事走向。

我试了几顶帽子，其中一顶是蓝色天鹅绒的，有点儿被压扁了，上面有黑色面纱，还镶着珠宝的别针。我戴着它，穿过家具区，走过带有室内天线的电视机和只能听到静电噪声的收音机。我用手指抚摸着光滑凉爽的洗衣机筒，还有长沙发和安乐椅粗糙的表面。

******

玩具区有一个熊形的摇摆木马——我喜欢坐摇摆木马，但可惜我已经长大了，不能坐了。我在玩具箱里翻来翻去，发现了一只非常漂亮的小木狮，我把它抓在手里，准备等一下问妈妈愿不愿意给我买下来。

逛了大半圈之后，我已经没了活力，像需要上发条的玩具一样，速度越来越慢，会突然停下来。我慢慢地兜着圈，往回溜达着，最后来到了婴童区。我的目光掠过高脚椅、护栏和成箱的小袜子、小裤子、连体衣和连衣裙。突然，我的身体僵住了，像冰棍一样。我看到一辆巨大的铝合金婴儿车半藏在弃置的婴儿被单和尿布袋下面。我记得它叫作摇篮车。因为我记得在一张泛黄的老照片里，爸爸穿着一条裙子坐在里面。（"这叫洗礼服，凯朵。"爸爸当时用辩解的语气说。）

　　我急忙转身，狂奔到前台。

　　"妈妈，快来！"

　　"怎么了？凯朵，别吓我，我的老天爷！"

　　我吸了口气，说："我发现了一些特别的东西。快来，别让人买走了！"

　　卡拉正在推滚轮衣架，上面放着男士衬衫。妈妈对她喊道："你能帮我盯一会儿收银台吗？"我着急得上蹿下跳，担心在我赶回去之前会有人把它买走。

　　"快点儿，妈妈！"我在前面先跑到了，守卫着我的婴儿车，她稍稍加快了步伐。

　　"摇篮车？你买它干吗？"

　　"为了明子的故事盒！"我挥舞着双臂，跳上跳下。

　　"那是个什么东西来着？"

妈妈怎么会忘了呢？"她才艺表演上要用的故事盒！"

"啊，我想起来了。但我认为她需要的是一辆自行车。"

天哪，急死我了！"问题是她现在不能骑车了。她一直在找替代品——现在我找到了！"我开始把袋子和被子拽出来，扔在地板上。

"等等！"妈妈拦住我，"没必要弄乱其他东西。"她和我一起把所有的东西整齐地堆放在附近的婴儿护栏里，"好吧，让我们试试能不能把它从这个角拉出来，检查一下它还能不能用。"我们把几把高脚椅和一个婴儿摇椅挪到了一边，清出了一条过道，轻而易举地把婴儿车拉了出来。妈妈摇了摇把手。

"很好用。"我说。她欣慰地点了点头。

"现在我们需要把顶篷放低，在婴儿床上垫点儿东西，再把箱子放进去，这样就能推着箱子走了。"妈妈终于和我在同一个频道上了。

"也许我和爸爸可以做一个轻一些的金属外壳，用夹子固定住。"

"可以，最后明子说了算。"妈妈说，"但我觉得这个非常好——好眼力，凯朵！"我自豪地笑了。

“现在我要把它推到员工室，在上面贴上‘康妮预留’的牌子。”

到了下午一点，妈妈换班下班了。“你确定没人会拿走吗？”乘公共汽车进城时，我不安地问。

“我确定。我就是怕有人拿走才贴了牌子的——快，按铃。萝拉快餐店到了。”

我们在萝拉快餐店吃了三明治，喝了汤，饭后妈妈拿出了她的优惠券专用钱包（实际上是一个带拉链的巨大笔袋），拿出买一送一的优惠券放在她常用的手提包里，准备去鞋店。在旧货店逛了一个上午之后，我已经对逛商店失去了兴趣，所以我们快速挑了一双新的白色运动鞋和一双马鞍鞋。虽然有点儿僵硬沉重，但我觉得是时候开始赶时髦了。

一到家，我就换上我的新马鞍鞋，给明子打了电话。

她接了电话，我问她：“还记得您叫我留意能推着故事盒走动的工具吗？”

“是的。”

“嗯，我可能找到了合适的。您明天能和我一起去二手旧货店吗？”

******

第二天，我和明子坐三号公交车，在帕克街的旧货店前下了车。我们进店的时候，妈妈正在收银台。她微笑着按了服务铃，喊道："托尼，你能帮我照看一下收银台吗？"她带我们走到后面，穿过员工专用转门。我们走到角落里，她华丽地转过身，用双手指向了婴儿车。

"我的天哪！"明子尖叫道，"太惊喜了！"

"谁说不是呢？"妈妈附和道。

"嗯……但我不太明白……"

"你会明白的！"我走过去把顶篷放低了。妈妈在婴儿床上放了一个大大的相框，里面是伍尔沃斯画的眼神哀伤的小丑。她在相框上面放了一个面包箱，大小和明子的故事盒差不多。

"啊哈！"明子笑着说，"我需要把这些艺术品也一起买下来吗？"

"哦，不用，"妈妈向她解释道，"弗雷德和凯朵会在里面放些东西垫着。"

明子走到了婴儿车旁，握着手柄来回推，试验是否好用。"很好推，"她喃喃地说，"而且高度非常合适！"她转向妈妈问，"多少钱？"

"原价 5 美元，算上我的员工优惠是 4.5 美元，再加上高级员工 10% 的优惠，总共……"

"4.05 美元！"我喊道。

"就收 4 美元吧。到收银台付款就可以了，我叫弗雷德来取。"

"太谢谢你了！现在我可以带着故事盒去参加才艺表演了。还有康妮……"明子把她的手放在了妈妈的胳膊上说，"我很期待听你唱歌。"

妈妈的脸红了，她急忙把"预留"的牌子重新挂了上去。

# 9

# 全力赚分

"啪。"是新一期《小镇报》到了。

"凯蒂莱维小镇'洗心革面'。从明天上午九点开始，志愿者将打扫城镇街道，清理全部垃圾……"

志愿者！

我马上意识到，只要有志愿活动，就有积分可以拿。我吃完早饭一定要去问问。

"嚼，凯朵！你不能直接吞下整个松饼。"妈妈说。

"你的吃相像只鬣狗！"帕特也看不惯我。

"一只大笑的鬣狗吗？"我停了下来，表示很感兴趣，"像这样吗？"我咯咯地傻笑着。帕特一脸苦相。

"急什么？"爸爸问我。

"我急着去市政厅问些事，也许能获得积分。"

"轮到你收拾桌子了。"帕特提醒我。

我点点头，把最后一块松饼塞进嘴里，一边快速咀嚼着，一边收拾糖浆瓶、果汁瓶和奶瓶。

"凯朵，"妈妈用冰冷的声音说，"我们还没吃完呢。"

"如果你吃完了，"爸爸建议说，"可以把每个人的星座运势都读出来听听。"

我弯下腰把报纸从椅子下拿出来——因为吃饭的时候是不允许看报纸的——然后把当天的星座运势读了出来。

之后我在椅子上坐立不安，很不耐烦，等到所有人都吃完早餐，我才能收拾桌子。最后，我终于骑上自行车自由奔驰了。

"捡垃圾会给分吗？"我问市政厅的接待员。

"没人和我说过分数的事。我只负责把那些袋子发下去。"负责接待的女孩儿不耐烦地发着牢骚。

她指了指桌子旁边地板上的一纸箱黄色袋子。我从口袋里掏出少年记者积分表。

"看到了吗？在社区做志愿者可以得到两分。"

她看着积分表说："我得问问我的主管，她在四层。如果有人来，就告诉他们我马上回来。"她叹了口气，好像是我害了她爬四层楼梯似的。

"哦，我等你。"我说。二十分钟后，她回来了，下巴上粘着糖粉，嘴角还粘着巧克力，这都是她偷吃零食的证据。"马上回来"就是撒谎！

"小镇大扫除活动明天上午十点开始，还有，装满一个垃圾袋就可以得到两分。"

第二天早上，我如期前往市政厅广场。一群孩子，几个家庭和一些老人在四周环绕着绿植的小喷泉前闲逛。小孩子对路人喊着："不要乱扔垃圾！"大约过了十分钟，两名男士从市政厅里走出来，站在了台阶上，一个穿西装打领带，一个穿着衬衫。

穿西装的男士说："我很高兴地宣布，我市参加了全国抵制垃圾运动。我们在此邀请所有市民帮助我们共同打扫小镇。感谢今天出席的所有志愿者，你们让此次运动有了一个良好的开始。"

"感谢关映山市长。"那名穿衬衫的男子说。他一边鼓掌，一边接过麦克风，市长挥手走了进去。然后衬衫男给我们讲了具体做法，"请拿出垃圾袋、徽章、冰棒兑换券和虫子天线。"

在他讲话的时候，青少年们把物品分发给大家。我戴上了印有"禁止乱扔垃圾"的徽章。打开了一个巨大的垃圾袋，仔细看了看虫子天线，原来是一个连着一堆小泡泡龙的发带。

"我不明白为什么我们要打扮成虫子捡垃圾，"我对志愿者说，"我以为垃圾虫是乱扔垃圾的生物。"

"应该会很可爱。"她说。

"可这说不通啊。"

麦克风前的男人继续说："你们带着装满的垃圾袋回来的时候，可以获得一根免费的冰棒。"

"少年记者的积分呢？"一个孩子喊道。

"哦，对，谢谢提醒。"那个男人说，"把装满的垃圾袋交上来后，竞聘《小镇报》少年记者职位的人可以在积分表上加两分。所以，为了你们的积分，出发吧！"

人们争抢着地上的几块垃圾，我自然地和伊娃、温斯顿还有我们班一个叫艾迪的孩子组成了小分队，一起的还有几个其他学校的同龄孩子。

"我们都在同一个地方找垃圾。"艾迪盯着地面说。

"我们该去别的地方看看。"一个孩子建议道。

"是啊！我们找个很脏的地方，很快就能把袋子装满了。"一个戴着脏兮兮的白色水手帽的女孩儿说。

"我们为什么不去赛马场呢？赌输的人会把赌票扔在地上。"伊娃建议道。

"是的，但是那里有清洁工。"

"里面才有。外面很乱。"

"那儿太远了。"

"也许公交车司机会让我们免费上车，因为我们在打扫城市。"

"同城公交车就在那边。"温斯顿朝奇努克街的方向挥舞着他的垃圾袋。

"爸妈不让我一个人跑那么远。"艾迪说。

"你和其他六个孩子在一起。"我提醒他。

最后我们决定，如果公交车司机让我们免费乘车，我们就去赛马场。我们因为可以把劳动变成冒险活动而兴奋起来。我们沿着奇努克街走，跳着走过人行道，司机们用力朝我们按喇叭。我们发带上的虫子跳跃着，垃圾袋随着我们的动作飘动着。我们给公交车司机出示了我们的徽章，还晃了晃发带，善良的司机让我们上了车，当我们走过过道，往后排走的时候，乘客们把一些垃圾放进了我们的袋子里。

伊娃说得对，赛马场里面有很多垃圾，所以我们用了不到一小时就装满了垃圾袋。之后，我们坐在公园里的一个喷泉旁边乘凉，准备休息一下再回市政厅上交垃圾。

　　"我们去看看马吧。"戴着水手帽的女孩子说，我们现在知道她叫贝丽尔了。

　　"马厩就在那边。"温斯顿指着山下篱笆那头隐约可见的低矮的建筑物说。

　　"我觉得我们不应该偏离我们的任务路线。"一个叫诺埃尔的男孩儿说。

　　"我们就看一眼，然后就去坐公交车。"我说着想起了那些漂亮的马，个子高高的，皮毛滑滑的。似乎大家都喜欢这个建议，我们穿过草地向马厩走去。我捡了一根棍子，沿着篱笆拖着它走下了坡。我满足地听着它"砰砰"地敲击着每一块木板，时不时停下来用棍子钩起奇怪的糖果包装，还有皱巴巴的香烟盒。我们下坡的时候，马厩消失在了视线中，但当我们走到一扇双层铁丝门的时候，又可以看到马厩了。大门高高的，被挂锁锁着，周围的雪松像哨兵一样守护着它。我们趴在门上，手伸到了铁丝网里，看见马厩里的骑师披着彩色的毯子，穿着配套的袜子，其他人提着木桶进进出出。

　　"这就像电影《黑美人》里一样。"我说。

　　"我想成为一名赛马骑师。"艾迪说。

"我希望我有一匹马，一匹小马也行啊。"伊娃叹了口气说。蜂鸣声响了起来，扬声器里宣布请参加下一场比赛的马在围场就绪。很快所有的助手都带着马走了，没什么可看的了。

"嘿，看那个！"有人兴奋地叫道。我们都转过身来，看到树林中的一个小游乐场里有一台老式蒸汽火车。我们都跑到跟前，爬上黑色的金属罐，但我感到又累又饿，意识到妈妈应该在等我回家吃午饭了。我决定在原地等其他孩子，我坐在雪松的树荫里，看着孩子们爬上蒸汽火车，这时我突然听到铁丝网里传来脚踩在草地上的声音，越来越近，似乎马蹄的嗒嗒声和搭扣的叮叮声就在我身后。我转过身去，想看看是谁在那里，但那棵雪松遮住了我的视线，看不到大门那边。我真实地听到一匹马在我耳边抽着鼻子，还听到一个女孩儿轻声说："放松。"还有上锁的声音、链条滑落的声音和大门吱呀打开的声音。我对着在火车上玩耍的孩子们疯狂地挥手，温斯顿正在假装自己是一名火车工程师。因为害怕吓到马，我不敢大喊大叫。温斯顿走了过来，我以为他看到那匹马会很兴奋，但他皱了皱眉头。

"马！"他大声地喊道。孩子们都跑了过来，一边跑一边喊着。

"要疯了！"那个女孩儿愤怒地说。这时候，我站了起来，看着她催马往前走，但马的头向后仰了仰，蹄子埋进草堆里。可能尖叫的孩子们惹恼了它。

"嘿！"我们转身看见一个男人从马厩里跑出来说，"你要带马去哪里？"

那个十几岁的女孩儿一下子哭了起来，放下了缰绳，跑进了树林里。那个男人走了过来，恼火地喘着气。可以看出来他很想去追她，但又不能离开马。"你们这些孩子认识她吗？"我们摇了摇头。"这已经是第二次有人想偷马了。"

"我的天哪，你听到了吗，伊娃？"我们互相看了一眼——我们刚刚目睹了一次偷马失败！我兴奋地环顾四周问："温斯顿在哪里？"伊娃指着马厩。我眯起眼睛思考温斯顿在那里做什么？那个男人又把马拉了进去，正准备锁大门。

"嘿，先生，别锁门。我们的朋友还在里面。"那人愤怒地吸了一口气。"看在上帝的份儿上！"他看了看手表说，"我要来不及了。比赛快开始了。一会儿会有人过来把你的朋友放出来。是男孩儿还是女孩儿？"

"他在那里！"艾迪兴奋地指着在草地上奔跑的温斯顿。

那个男人转过身来对他大喊："快点儿！"

温斯顿喘着气，男人把他放了出去说："你在这里干什么，孩子？"

"我想上洗手间。"

"你真会挑时候，虽然我觉得你真想去的时候是憋不住的。听着，你们这些孩子帮了我一个忙。如果你们来看比赛，可以找麦克。"他把手伸进口袋，掏出一大堆零钱说，"你们自己买些冰激凌吃吧。"然后他锁上了门，把马带回了马厩。

我们拿起垃圾袋，爬回山上，兴奋地猜测着那个神秘的女孩儿到底是谁，以及她为什么要偷走那匹马。

"这绝对是一个独家新闻，"我说，"我回家就给《小镇报》打电话。"

"呃……"温斯顿说。

我盯着他，他露出尴尬的表情。事情显而易见。"你根本没去洗手间。你进去给《小镇报》打电话了！"我的音量逐渐变大，最后大喊了出来。

"你要明白，你不能一个人包揽所有积分！"温斯顿喊道。

"我还以为你不想成为少年记者呢。"

"我是不想，但我喜欢获得积分。"

说得可真好。

****** 

在明子之后，我的下一个采访对象是妈妈。我们刚吃完午饭，我准备好了铅笔和本子。

"在你成为一个母亲之前，你是谁？"

妈妈笑着说："我做母亲前后都是我，但如果你指的是职业的话，我曾经是个职业歌手，我的艺名是康妮·巴勒莫。我还在上高中的时候就开始唱歌了。我的第一场有偿演出是和琼斯乐队一起出演的，那时候我退学了，和乐队一起巡回演出。在那个年代，舞蹈乐队会在加拿大和美国各地的各大音乐厅巡演。"

我停止了记录，感到很震惊："你没上完学吗？我都不知道。"

"但我一直都很爱读书。"

"你录过唱片吗？"

"乐队确实帮我录制了几张专辑。可以在封面内容简介里写着'歌手'那部分找到我的名字。你知道这个的。"

"是的，但我必须像在做真正的采访一样问问题。你唱的是什么乐派呢？"

"爵士乐。"

"特别吵的那种？"

"不，不是现代爵士乐，是摇摆爵士乐。我喜欢艾拉·菲茨杰拉德，你也喜欢她的。那时很流行这种音乐，每个人都喜欢跟着跳舞。"

"重新唱歌的感觉怎么样？"

"就像骑自行车一样。美妙的曲调是终生难忘的。"

"妈妈，你对唱歌保留着特殊的记忆，太好了。"

"谢谢你，凯朵。"

"那么你期待在才艺表演的时候唱歌吗？我的意思是，我知道这不像你和有名的乐队一起在聚光灯下表演那么令人兴奋……"

"这没什么大不了的。"妈妈突然站起来，开始大声地清理桌子，把盘子扔进水池里，拧开水龙头。

"我已经告诉大家了。"我大声说，声音盖过了水声和餐具的撞击声。

妈妈猛地转过身来说："不要那样！"

"为什么呢？"妈妈恼怒的语气吓到了我。

"我的意思是，吹牛不太好。"妈妈带着歉意说，然后转身继续洗盘子。我猜她已经开始对采访感到不耐烦了。

"我想不出其他问题了。"我边说边把我的那页笔记从本子里撕下来，折起来放进了一个信封，"我会把这个寄给《小镇报》的布莱尔·格莱吉。"

# 10

# 爸爸和人生的意义

"爸爸，你把所有的火花塞都擦了三遍了！恕我直言，你看起来有点儿焦躁不安。"我和爸爸在车库里，他把居家日从地下室延续到了车库中。

爸爸叹了口气，用沾满油污的手指拨弄着头发，头发仿佛受到了惊吓，一绺一绺地立了起来，变成了灰白色。"我不介意你这么说，凯朵。你的观察力很敏锐，我心里多少有些不安。"

"发生了什么，爸爸？"

"我担心伯爵夫人。"他说着，递给我一块干净的抹布。我开始擦拭宝蓝色1941年产豪华四门巡航的史蒂倍克轿车。软垫座椅就像一对带轮子的长沙发，镀铬的格栅虽然暗淡无光，但仍然在双色胡子下面微笑着。

车上所有的部分都是复古的：把手、仪表盘、旋钮，还有我最喜欢的红色珐琅圆形方向盘按钮，上面有一个银色的"S"划过，就像一道闪电。

"我担心它参加不了史蒂倍克爱好者巡游。"

虽然我没说出口，但我和帕特根本不敢相信这个"笨史蒂倍克"还能开。这是世界上最慢的车。有时候车开着开着突然就停了，或者根本就启动不起来，所以爸爸总是把车头朝下坡停在我家门前。这样他就能在下坡的时候顺势启动发动机。

"可能是汽化器封口的问题，"爸爸继续说，"我没能买到配件，所以只能随机应变。"他举起了一个红色的扁片，像奇怪的漏字板一样的东西。

我眯起眼睛看了看那块闪闪发光的红色皮革。它看起来熟悉得令人担忧。"这是从妈妈的漆皮手提包上剪下来的吗？"我怀疑地问。

"是的，"爸爸承认了，"它很适合做汽化器封口。我相信她会理解为一辆像伯爵夫人这样的旧车买零件有多难。"我对此深表怀疑，因为妈妈很喜欢那个手提包。

爸爸看着我，为自己辩护道："需求是发明之母。"

"可妈妈是我之母，我知道她不会喜欢这样做的。"我凝视着引擎，"请告诉我汽化器是做什么用的。"

爸爸敲了敲一大块看起来很复杂的机器："汽化器把空气和汽油混合在一起。如果混合不当，汽车无法启动。"他用擦火花塞的抹布擦了擦脸，把黑色的油抹在了脑门儿上，"不过，也可能是火花塞、阀门有问题或是时机不对。"

"我明白了。"我赞同地说，虽然我什么也没听懂。

爸爸通常是很有条理的。如果他不知道该怎么修好某件东西，他就会有条不紊地检查每一个部件，直到找到罪魁祸首。但是今天他看起来确实有点儿心不在焉。

"汽化器贵吗？"

"不贵，但问题是找不到原装的零件。只要能让伯爵夫人恢复从前的样子，花多少钱都是值得的。"

"你为什么不买辆新车呢？"我问。

"我为什么要为了换新的样式而抛弃伯爵夫人？"爸爸抗拒地说，"我们一起经历了漫长岁月。爱就是接受对方的不完美。"

爸爸是我们家思想最有深度的人，他修理东西的时候，经常会用哲学润色修理过程。我突然想到了一个点子："爸爸，我可以把这个作为每日灵感投稿给《小镇报》吗？我可能会得一分。"

"当然。"

"说到修好你的挚爱，你能帮我修理一下自行车的链条吗？"

"好吧。"爸爸叹了口气说，"我好像不知道我在这里能做什么。"他放下火花塞走到车库墙边，我把自行车靠在了那里。

他把自行车倒了过来，座位和把手着地。"这条链子需要好好清理一下。让我们把它整个都拆下来，这样就可以把这些黑色的、黏糊糊的东西弄掉了。"和往常一样，每当我帮助爸爸修理东西时，都会听到完整的讲解。我正在成为一名家庭维护和车辆维修方面的见习专家。

"在开始清洗链条之前，凯朵，把扳手和机油罐给我，我要检查一下自行车的其他部分。"我把扳手和机油递给他之后，他马上开始用硬刷子刷起链条来。

爸爸继续说："生命的意义对我来说可以总结为三个座右铭。"

"我知道！安全第一。你总说这句话。"

"是的，在你做任何事之前，都要确保所有人的安全。第二个座右铭是：保护主要资源，包括……"

"炉子、热水器、冰箱和车间。"

"还有下水道，别漏掉这个。无论如何，我最后的座右铭是：爱你的同伴，包括他的茧子。"

"就像这个。"我伸出手指。爸爸俯下身，眯起眼睛看着它。

"你得让妈妈在上边涂点儿除茧膏了。"他把链条装好，又回去摆弄螺丝和螺母，"'爱你的同伴，包括他的茧子'意思是爱一个人不光要爱他的优点，还要爱他的缺点。所以我喜欢修复东西，而不是直接扔掉它们。另外，把东西修理好还会让我感到开心。"

"所以我想伯爵夫人是理想的选择，因为它有很多缺点，你可以一直修复它。伯爵夫人和房子都是。"

爸爸笑着站了起来，说："难道不该换新的自行车车把了吗？"他一边问，一边拨弄着我自行车把手上五颜六色的短茬子。为了让我的自行车看起来更成熟一些，我曾用一把大剪刀剪掉了上面的装饰带。当时，我以为只有婴儿的自行车上才有飘动的东西。"我们明天可以去五金店买一些。"

"今天就去吧！"我突然觉得换新车把的主意不错，"我们可以买一对绿色的配我的自行车，粉红色的也行。"我突然觉得车把就像自行车的耳环。

******

第二天是星期六，史蒂倍克爱好者巡游将在上午十点开始，所以全家人都起得比平时更早。

爸爸气得不得了，因为他不得不在居家日外出。他由于太担心能不能顺利启动伯爵夫人，早上几乎什么都没吃。我们吃过早饭后，都穿上了史蒂倍克爱好者巡游的制服，出门准备上车。

爸爸已经在外面等我们了，他穿了三件套细条纹西服，把头埋在了引擎盖里，他正在安抚伯爵夫人。帕特和我戴上

白色手套，坐在后座练习像女王一样挥手。接着，妈妈穿着
她的条纹裙上了车，裙子是专门在二手店买的复古系列。

　　爸爸轻轻地盖上了引擎盖，俯身贴在上面，咔嗒一声给
它上了锁。他也上了车，擦了擦仪表盘，亲吻了方向盘，并
向史蒂倍克的女神祷告——其实是挂在镜子上的丘比特娃
娃——然后松开了紧急刹车。

　　"来吧，亲爱的宝贝，你能做到的。"爸爸边说边发动
汽车。发动机转起来了。爸爸大叫起来，我们都欢呼起来，
自发地唱起了《带我去看棒球赛》。行驶了两条街后，伯爵
夫人停下来了。

　　爸爸转动点火装置，但伯爵夫人只发出"咔嗒"一声。
爸爸的脸变得苍白，额头也满是大汗："大家都出来，用最
快的速度推！只需要助力一下它就能继续开了。"

　　我们三个人在车后排好队，缓慢推动起来，车子以相当
快的速度开动起来。

　　"我也能开车，"妈妈嘟囔着，"他为什么不出来推车？"

　　"我能听到你们说话，"爸爸解释道，"伯爵夫人很不
高兴，所以它需要一双熟悉的手温柔地引导它。"

　　"哼！"

我们推了一条街之后，爸爸把车开到了路边。我们都气喘吁吁地回到了车里，看着爸爸试图安抚伯爵夫人。他拍了拍仪表盘说："它想让我们准时参加巡游，就是有点儿兴奋过头了。"

"嗯，它没必要担心。"帕特抱怨道，"因为我们永远也到不了那儿了。"

"嘘。"爸爸说，他竖起耳朵听着引擎的声音，"它在试着重新振作起来。"

但它失败了，我们错过了巡游。

******

整整一个星期过去了，爸爸这几天一次也没笑过。他照常吃早饭，但没了往常的活力。自从伯爵夫人开不动了，爸爸就只会一声不吭地吃吐司，喝咖啡。留我们剩下的人面面相觑。

我试着给爸爸讲笑话："小动物们聚餐，为什么只有小象生气？"

"我不知道，为什么？"

"因为这是一个气象局。"

他说："这个很有趣，凯朵。"但也仅此而已，他既没有大笑，也没有微笑。

\*\*\*\*\*\*

周三晚上，妈妈拉着他去跳广场舞。一般情况下，爸爸喜欢广场舞和与之相关的一切。妈妈给他翻出了鞋带式复古项链、牛仔靴子和发油，她穿上那条有套索编织物装饰的短裙。艾德娜用她的旅行车载着他们去了，但一小时后一辆出租车把他们送了回来。当爸爸慢慢爬上楼梯准备睡觉时，妈妈转身看着我们，面带悲伤地微笑着，耸了耸肩。

\*\*\*\*\*\*

第二天早上，爸爸照常用旅行袋拎着油漆工的白工服，坐公交车去上班。艾德娜来找妈妈喝咖啡。

"昨天怎么样？"

妈妈叹了口气："他跳得还不错，可是他跳换位舞步时没有活力。"

"我从没见过弗雷德这个样子。我很担心他，康妮。"

"我知道，"妈妈说，"他失去了内心的阳光。他之前不开心的时候，我所要做的就是给他一份有趣的修理任务——越复杂越好——只要他在修理焊接，他就会不知不觉开始吹口哨。"她们摇了摇头，若有所思地抿了几口咖啡。阳光在桌子上洒下一条一条明亮的光。

艾德娜突然灵机一动，放下咖啡杯说："也许他需要远离城市。我哥哥德韦恩可以带他去——他每到周末都去钓鱼。"

"这是个好主意，但是我想弗雷德并没有渔具。"艾德娜已经奔向电话。她拨出电话，听着另一端的铃声。"也许德韦恩会有一些——嘿，是我，哥哥！"

艾德娜和德韦恩通话时，我转向妈妈说："但是星期六是居家日。"

"我知道。也许我们可以说服他，让他相信医生的建议，到大自然中去晒晒太阳。我们可以保证替他保护好主要资源。"

艾德娜挂了电话说："我们都准备好了。德韦恩说他很乐意这周末带弗雷德一起去，他有很多装备。他可以开我的旅行车。我得先去买点儿东西。你觉得你能让他在居家日出门吗？"

******

妈妈成功地说服了爸爸，因为这是一个健康问题，居家日的原则并不适用。所以在星期六的早上，我们都站在车道的尽头，等艾德娜开车过来。爸爸的背包里装上了他的午餐，还有一张地图、一个热水瓶、一个指南针和一个急救箱。艾德娜开车过来的时候，巷子对面响起了电钻声，所以我们不得不尖叫着和他道别。

温斯顿把自行车推到我身边，喊道："你爸爸怎么了？是绿色外星人绑架了他，清除了他的大脑吗？"我把他撞倒，抓住他的耳朵，准备把他的头往草地上猛撞。艾德娜把杂货放在了地上，冲过来把我拉开了。

"住手！"她指着自己的眼睛，然后指了指我的，又指了指温斯顿的，然后拿起袋子，走进她家。

"那是什么意思？"温斯顿问。

"意思是她在监视我们，所以我们最好守规矩。"

"好吧，他怎么了？"

"你关心他吗？"

温斯顿的胳膊上沾了泥土，他在上面吐了一口唾沫，又在牛仔裤上蹭了蹭："我逗你玩呢。你爸爸是个好人。"

我心软了，说："他很难过，因为伯爵夫人在去史蒂倍克爱好者巡游的路上去世了。他没能找到零件把它修好，所以……"我不知不觉张大了嘴巴。我停了下来，看了温斯顿一眼，然后转身跑进屋里。

温斯顿扔下自行车，跟在我后面上了楼梯。"什么？什么？"他喘着气问。

"我想我知道怎么弄到零件了。"我说着猛地打开厨房放报纸的抽屉，拿起我之前剪下来的关于零件以旧换新的广告，"这就是答案。"

"让我看看。"温斯顿拿起剪报读了一遍，"可以打这个号码。"就在这时，电钻又启动了。

"什么？"我大声喊道。

温斯顿用脏兮兮的手指指向广告："打这个电话。"

我得用手指堵住另一只耳朵才能听到电话那头的铃声。

有人接电话，但我听不清他们在说什么。我把长长的电话延
长线拽了出来，走进食品储藏室。温斯顿跟着我进来，随手
关上了门。

"什么？请大点儿声说。"

"你不用那么大声。我说的是'零件以旧换新'。"

我能听到背景里有孩子们玩耍的声音。"对不起，您是
在《小镇报》上刊登免费汽车零件广告的人吗？"

"是什么类型的车？"

"是笨史蒂——我是说，史蒂倍克。我需要一个汽化
器，您那儿有吗？"

"这还用说。"

"哦，"我失望地说，"还是谢谢您，再见。"

"'这还用说'的意思是有的。"

"是这个意思吗？太棒了！"

"您的史蒂倍克是哪一年的？"他问道。

"1941 年。"

"处于很好的状态吗？"

"它看起来很漂亮：完美、无锈、无花边。它就是开不
动了。"

"真的吗？"听了这话，他显得非常兴奋。我觉得他太没有同情心了。

我告诉了他我的名字，然后他说："我叫，呃，约翰·史密斯。"

又经过几轮对话之后，我们约好上午十一点在猫和老鼠咖啡馆见面。

"等我告诉爸爸吧！"我打开食品储藏室的门时喊道。温斯顿抓住了我工装裤上的背带。

"听着，这应该是个惊喜，可以让你爸爸振作起来。我会陪你一起去。"

"你会吗？"

温斯顿露出尴尬的表情："当然，就当是还他帮我修自行车的钱了。去年冬天，他还修好了我们的炉子。"

于是我和温斯顿骑车前往猫和老鼠咖啡馆。我们进门之后环顾了一下，这时一个穿着狩猎衫的胖乎乎的家伙站起来向我们挥手。我们走到他的卡座，我看到他旁边的长椅上有一个打开的购物袋，里面装着一个汽化器。

"你一定是凯朵，这位一定是你的朋友。我给你们腾点儿地方。"他说着推开吃剩的汉堡，叠起报纸，"坐下来吃点儿派吧，"他招待我们，"还有奶昔。"

　　我们挪进去坐了下来，他打开一把看起来像美人鱼形状的瑞士军刀，从里面选了一个小工具，开始清理他的烟斗。他把旧烟叶刮到烟灰缸里，然后从一个小皮袋里取出新鲜烟叶装进去。

　　"去吧，点餐。"他又催促道。他把烟斗塞在嘴里，从衬衣侧面鼓鼓囊囊的口袋里掏出一个红鸟牌火柴盒。他划着一根火柴，放在烟斗上方，把火焰吸进烟草里，开始一口一口抽起来。温斯顿和我咳嗽起来，夸张地用手拨开烟雾。

　　"你不应该当着孩子的面抽烟，"温斯顿责备他，"这

对我们的身体有伤害。"

这和我的想法不谋而合。

约翰·史密斯的眼中闪过一丝怒火，但他露出沾满烟渍的牙齿，微笑着说："啊，会让你们长胸毛的。"我们俩继续皱着眉头看着他，他说，"好吧，我吃一块薄荷糖，不抽烟了。"他熄灭了烟斗，拿出一盒特浓薄荷糖，塞了一块进嘴里。

在我们等餐时，他问了我许多关于伯爵夫人零件的问题，比如方向盘、旋钮和尾灯。

"是一辆1941年产宝蓝色和蓝色豪华双色史蒂倍克车，一辆四门巡航轿车。"我回忆道。我和爸爸在一起的所有时光都不是白来的。我为我们的车感到骄傲，"它有一个班卓方向盘，上面有一个非常漂亮的红色按钮，按钮上印着一个银色的'S'。引擎盖上的装饰是铬和红色珐琅……"我继续说，很惊讶自己居然记得每个部件的名字。

一开始，约翰·史密斯似乎非常感兴趣，但随后他开始变得恼火和不耐烦，他打断我："1941年的史蒂倍克蓝色和宝蓝色双色轿车固然不错，但我的史蒂倍克是极其罕见的奶油色和酒红色款式。"他的眼睛鼓了起来，用手捂住了嘴，紧张地笑着说，"不许吹牛。"

"她爸爸是个非常好的人，"温斯顿说，"所以我们想用一个新的汽化器给他一个惊喜。"

"他现在在哪儿？"约翰·史密斯漫不经心地问道。

"在钓鱼。"我说。

"啊，那可真幸运。如果我过去帮他装上，不是更好吗？"约翰·史密斯急切地向我们提议。

多么好的主意！我们大笑着看着对方。

"你把地址给我，我今晚就过去装，这样你父亲明天早上就能看到大惊喜了。"我把我们的地址给了他，约翰·史密斯草草地记在一个小本子上。他看了看表说，"哦，天哪，都这个点儿了吗？我还有个紧急的约会。"约翰·史密斯拾起烟斗用具和购物袋，匆匆走了出去。几分钟后，服务员把我们的账单放在了桌子上，包括派和奶昔……还有约翰·史密斯的汉堡和咖啡！幸运的是，我带了应急用的钱。以防万一，温斯顿也有一口袋零钱，是卖掉捡到的高尔夫球得来的。

"我本以为他会为我们付账单，就像他催我们吃饭那样。"温斯顿说。

"我猜他忘记了。"我感觉不太好，但没多想，我抓住温斯顿的胳膊说，"爸爸明天一早一定会很高兴的！"

\*\*\*\*\*\*

晚上，爸爸钓鱼回来了，他似乎好多了。他钓到了两条鱼，德韦恩把他钓到的一条带回来给了艾德娜和孩子们。吃晚饭的时候，爸爸一直在笑，我们都觉得他又恢复了往日快乐的样子。

\*\*\*\*\*\*

第二天吃早饭时，爸爸伸了个懒腰说他睡得好极了，要出去跟伯爵夫人和解。我跟着他，在车库门口看到了温斯顿。他抬起头来，嘴角抽搐着，好像在努力克制自己不要笑得太明显。我们跟着爸爸进了车库。

他啪地打开灯，宣布道："我回来了，伯爵夫人！"然后定格在那里。

我们走到他身边，吓得目瞪口呆。所有的门都开着，包括后备箱和引擎盖。尾灯不见了，带有红色珐琅和银色按钮的方向盘不见了，引擎盖上的装饰也不见了，格栅、轮毂盖、变速杆和其他杆上的胶木旋钮都不见了，所有可以拆掉的东西都消失了。就连后视镜上本来悬挂着的丘比特娃娃——史蒂倍克女神也不见了。

"因为偷零件的贼，它被玷污了。"爸爸气得喘不上气，在车旁边暴走。

这就像压倒爸爸的最后一根稻草。他进了地下室，再也不上来了，甚至不去上班。他宣称所有的日子都是居家日，并发誓在他的余生里，再也不要离开主要资源了。

# 11

# 捉贼

温斯顿和我坐在门前的台阶上，垂头丧气。

"一定是那个约翰·史密斯干的。"温斯顿说。

"当然，"我说，"果然坏人只是假装友好，本质却是个骗子。他在猫和老鼠咖啡馆逃单的时候我就应该意识到他是个小偷了。"

我们讨论着下一步该怎么做，想通过梳理我们现在掌握的信息找出一些线索。我们回到家里，又打了一次广告上的电话，电话打通了却一直没人接。我们打了一次又一次，直到试了六七次，才有一个小孩儿接了电话，他说："我在吃冰激凌三明治。"

背景里有一个女人的声音责骂道："你在电话亭里干什么？电话上全是细菌。"

我们听到话筒"咣"地被放下了。"是外面……电话亭里！"我说。温斯顿和我把耳朵贴在听筒的两边。我们能听到噼啪声还有孩子们的尖叫声，还有大人点餐的声音。有人把电话挂了。我们面面相觑。

"是游泳池。"

"还有小卖部。"

"所以约翰·史密斯的电话号码实际上是公园里一个小卖部附近的公共电话。"我打开装读报用具的抽屉，拿出一张纸和一支铅笔。

"让我们列个清单吧。"


线索

·约翰·史密斯，抽烟。

·他开着一辆奶油色和酒红色的史蒂倍克。

·最后一次看到他是在猫和老鼠咖啡馆。

·他的电话号码是假的。

·约翰·史密斯是他的真名吗？

我们盯着列出来的线索和疑问。温斯顿拿起铅笔，写上了第二份清单的标题，然后我们开始头脑风暴，讨论还可以写些什么。

行动

·找出同时满足附近有小卖部、电话亭和游泳池的地方。

·在猫和老鼠咖啡馆附近巡视。

·在卖烟草的地方打听约翰·史密斯这个人。

"等一下，"我边思考边说，"我们可以缩小他购买烟草的范围。他有一盒红鸟牌火柴，还有装在盒子里的强劲薄荷糖。我觉得出售这些的商店不多。"

"你看到他的报纸了吗？"温斯顿兴奋地问，"是《多伦多星报》。只有一个地方卖外地报纸和盒装的薄荷糖——

泰勒烟草糖果店。”

"好吧，我们骑自行车去吧，这样会更快。”我说。

"但是我们必须分头行动，才有可能抓到他。我去泰勒烟草糖果店。”温斯顿说。

"好吧，那我去猫和老鼠咖啡馆。”

******

我到了咖啡馆，坐在卡座里要了一杯水。找约翰·史密斯让我筋疲力尽。二十分钟后，服务员过来了。

"你是准备点餐还是打算在这里白坐一整天？”

"呃……”

"我觉得你不会点东西的，请你离开。”

往外走的时候，我意识到我应该去找约翰·史密斯的车，而不是坐在咖啡馆里，所以我逛了一下后面的停车场。找到了！我在五金店的后门发现了一辆奶油色和酒红色的史蒂倍克。我躲在隔壁炸鱼薯条店的一排垃圾桶后面，等了很长时间。

这里很臭。

　　我正准备冒险去找温斯顿的时候，约翰·史密斯突然从炸鱼薯条店的后门走了出来。他上了车，慢慢地驶向出口。他不耐烦地等着车流慢下来，以便左转行驶到马路上，他愤怒地向过往的车辆挥手，甚至按喇叭让他们停下来。要是温斯顿和我在一起就好了，但约翰·史密斯拐上了街道，我必须独自行动了。我跳上自行车去追他。虽然我在人行道上骑行，但高峰时间车的速度非常缓慢，所以他的车始终在我的视野内。

　　他慢慢地向前蹭着，公交车挡住了他的去路，转弯的卡车和逛完街过马路的行人让他不得不慢慢开。最后，我跟着他穿过了商业街，进入一个居民区。我和他保持着距离。又过了几条街后，这辆闪闪发光的奶油色和酒红色的车拐进了一条小巷。小巷的入口处有一丛紫丁香，我从自行车上下来躲在那儿，透过茂密的植物偷偷往里看，恰好看到那辆车驶过几幢房子之后停了下来。约翰·史密斯下了车，走进一扇木门，大门旁边有一个白色的车库，顶棚是灰色的。我把自行车停在了原地，然后偷偷溜进小巷，顺着草丛穿到树林里，最后到了园艺工具棚旁。

　　我在约翰·史密斯车库旁边的冬青灌木里刚找了个缝隙

溜进去，就听到里面传来了开锁的声音。几秒后，车库的双扇门开了，约翰·史密斯走了出来。他又回到车里，把车倒进了车库。双扇门关上之后，我听到他把门锁上了。

我觉得爸爸的零件肯定在里面。我像一只猫一样，蹑手蹑脚地顺着大门和车库之间的缝隙溜进了后院，靠近车库门。当约翰·史密斯从车库的侧门出来时，我迅速后退了几步。听到他关门的声音，我小心地往里看，发现他正要锁侧门。这时候从屋里传来的一阵狗叫声吓得他跳了起来，钥匙也掉在了地上。

他一把抓起钥匙，小跑着朝后门走去，喊道："是我，阿提拉，你这愚蠢的畜生！"他走进家里，开始对着狗大喊，让它安静下来。

我踮着脚尖快步走到车库门口。车库的侧门没锁。我轻轻地把门打开，钻了进去又把门轻轻地关上。车旁的金属架子上放满了敞开盖的盒子，里面装满了汽车零件。我绕着车库转了一圈，仔细看了看，每个盒子上都仔细地贴了制造商和生产年份的标签，但我没看到伯爵夫人的零件。我转过身，蹑手蹑脚地看了看工作台上的两个盒子。哈！爸爸的零件在里面。我认出了只属于我家的标志：变速杆把手上印着卫斯理的牙印，画着潦草的涂鸦，还贴着圣诞邮票。我正想把体积最小的东西带走，却突然听到约翰·史密斯回来了。我把东西放下，躲到车后。当他打开车库门的时候，房子里又传来了狗的叫声，接着又响起了强烈的撞击声。

"又怎么了？"他生气地说着，关上了门。我听到了钥匙在锁孔里转动的声音，心脏几乎停止了跳动。我跳了起来，跑到门口，哗啦哗啦晃着门把手——我被锁在里面了！我环顾四周，看到了我刚刚忽视的东西：肮脏的窗户上有铁栏，双扇门用门闩和挂锁锁着。

我瘫坐在地板上，背靠在门上。外面的天渐渐黑了，我的肚子开始咕咕叫。我想了很多可以让别人知道我被困在里面的办法——点火、大声呼救或者按喇叭——但我担心这样做会惊动约翰·史密斯。我站起来，环视了一下车库，看到了电动顶灯、工作台还有各种工具。透过窗户，我可以看到约翰·史密斯在厨房里举着一大块牛肉，一只巨大无比的狗跳起来和他抢肉吃。时间一分一秒地过去，终于，我看到他在一只手举着电话，另一只手来回挥动，扯着自己的头发，好像在和人吵架。

我坐在工作台旁的一张凳子上，盯着那扇锁着的门。然

后我想起有一次我赢了一套雕花玻璃门把手，我和爸爸一起
把家里所有的门把手都换掉了。我站起身来，车库里越来越
黑，我眯着眼向门把手看去。我发现，尽管双扇门上有挂
锁，窗户上也有栏杆，但侧门上只有一个简单的门把手锁。
神奇的是，因为帮过爸爸干活儿，我知道怎么能把门把手卸
下来逃出去。但唯一的问题是，现在天暗了下来，我看不清
东西。也许约翰·史密斯很快就会上床睡觉，这样我就能开
灯了。我回到工作台旁到处摸索，摸到了一把螺丝刀。

\*\*\*\*\*\*

过了一会儿，约翰·史密斯打开了后门，把那条巨大的
狗放了出去，关上了厨房的灯。我的心一沉，即使我把门把
手弄下来了，我怎么才能在不被大狗活活吃掉的情况下，顺
利离开院子呢？我成为少年记者的机会也许将就此破灭。

"太可怕了！"我抱怨道。我用手支着头，痛苦地坐在
那里。忽然，我听到一阵轻轻的刮擦声，我迟疑地站了起来。

双扇门的缝隙里传来嘶哑的声音："凯朵？是我，温
斯顿。"

我急忙跑到门口："温斯顿！太好了，你来了！你是怎么找到我的？"

"我去了泰勒家，告诉他们有个人让我去他家花园除草，但我把那张写着他名字的纸弄丢了。我只知道他抽烟斗还看《多伦多星报》。当我和店员提到美人鱼刀时，他说：'噢，你是说斯梅德利吧。'我去你家找你报告最新进展，但你不在家，大家都在找你。晚饭后，我从电话簿上找到了两个叫斯梅德利的人的地址，偷偷溜了出来。在去第二个地址的路上时，我突然在路边看到了你的自行车——我认出了你车把上的新装饰带。"

"我被锁在里面了。"我说，"我应该能把门把手弄下来，可是斯梅德利的狗还在院子里跑呢。"

"我在房子前面制造点儿干扰怎么样？"

"好主意。"温斯顿骑着自行车往外跑，轮胎在碎石上发出嘎吱嘎吱的声音。我把灯点亮，拿起油罐和两把螺丝刀。那只狗叫了一声，我又把灯弄灭了。我能听到狗在来回走动，还有它项圈的叮当声。我摸黑走到门口，把油喷在螺丝上让它们松动。（爸爸，谢谢你教过我！）然后我听到有碎石击中了屋前的篱笆。那只狗发疯了，冲了出去。屋里的灯亮了，斯梅德利开始大喊大叫。我打开灯，准备取下螺丝，但却扎到了手指。我忍不住喊道："天哪！"然后跳起来关掉了灯。

那只狗咆哮着回来了。我只能凭感觉接着拆，我把里面的门把手拆下来之后，听到外面的门把手也"哐啷"一声掉在了地上。那只狗对着门咆哮，然后用爪子刨门。它跳了起来，把鼻子伸进原来装门把手的洞里。我吓得往后一跳。

我听到一辆车朝着前门鸣笛，接着又有更多的碎石打在了栅栏上。温斯顿像只吼叫的猴子一样尖叫起来。那只狗飞奔回了前院，屋子里所有的灯都亮了。我抓起那盒伯爵夫人的零件，把手指放在原来装门把手的洞里勾开了门。我回头看到斯梅德利从一个窗口跑到另一个窗口。我穿过小巷，急忙跑去骑我的自行车。温斯顿从小巷的另一头疾驰过来，刹车时碎石飞起。我把零件从箱子里倒到我的自行车筐里，把温斯顿的车筐也塞满了，把箱子丢在了地上。

我们沿着黑暗的小巷疾驰。起风了，树木弯下了腰，灌木丛也晃动起来，大风越过了车库和篱笆，似乎在向我们涌来。狗的狂叫声和斯梅德利的叫喊声越来越大，他们在追我们！我们骑到小巷的尽头，以最快的速度向两侧看了看，然

后骑到马路对面。温斯顿快骑到小巷的尽头了。他回头看了
我一眼，然后在拐角处消失了。我赶紧也穿过了马路，沿着
人行道右侧浓密的树篱用力骑着车。他在什么地方？我气喘
吁吁地停了下来。狗叫声越来越大。

温斯顿的头从树篱里探了出来："凯朵！"

我感到很迷惑，继续向前骑，发现他藏在一个由树木组
成的黑暗拱门里。

"来吧！"我一骑进去，他就把门关上，发出响亮的嘎
吱声，与此同时，斯梅德利走到了拐角处，大叫道："找到
他们，阿提拉！他们跑不远的。"

在我们的呼吸声中，从花园尽头的巷子里传来撕咬撞击灌木丛的声音。狗在吠叫，发出呜咽的咆哮，听起来像是想挖一条路进来。

我们惊恐地看着对方。

"它能找到我们。趁我们被狗咬之前，赶紧离开这儿吧。"

我们飞快地骑了出去，然后右转，向下一个转角骑去，骑下马路牙子的时候自行车发出震耳的撞击声，车筐里的汽车零件碰撞得叮当响。我们向左，往回家的方向骑着，骑过一条街、两条街，在骑到第三条街一半的时候，一声响亮的警笛传来，一辆黑色的没有标志的警车从我们后面超车。它刚刚肯定是停在我们经过的那辆卡车前面了，好狡猾！在街区的尽头，警车转弯停在了马路中间。

我们手足无措，按下刹车，跳下自行车。我的胸口特别疼，还岔气了。温斯顿喘着气，把双臂交叉在车把上，低下头靠在胳膊上休息。斯梅德利被他那只咆哮的德国牧羊犬拖着，气喘吁吁地跑了过来。这时，一名警察从巡逻车里走了下来。

"先生，请管好你的狗！"

斯梅德利咽了一口气，拽住了阿提拉的项圈。"蹲下，蹲下。"他喊道。狗愤愤地坐了下来，嗓子里发出低沉的隆隆声，眼睛一直盯着我们。

警察走过来检查了我的车筐后说："你好像有很多汽车零件。"

"那是伯爵夫人的，是我爸爸的车。"我指着斯梅德利，他正站在刺眼的车灯后面，"是他偷的，我只是拿回我的东西。"我对自己的声音感到很陌生，就像不是自己的一样，它像孩子的声音一样高，在车灯下显得很直率。

"这是谎言！"斯梅德利喊道，"他们从我的车库里偷了那些零件。"

"不，我说的才是真的！"我哭了起来，惊讶地发现温斯顿的眼睛里也闪着泪光。

阿提拉向前一跳，咆哮着、吠叫着，拖着他的主人。

"我告诉过你管好那只狗。"警察走过去，打开了车后门，"进去！"阿提拉跳了进去，好像是要开车兜风欢度周末似的，"你们两个都进去！"

"我？我才是受害人。"斯梅德利抗议道。

"难道你觉得养了一只危险的动物是一件光荣的事吗？"斯梅德利上了车，后门被关上了。

"现在，你们俩可以带上你们的自行车上货车了。"开货车的女警察把我们的自行车放在了后面，示意我们和她一起坐在前面。街道两旁的居民都透过家里的窗户往外看，有些人还站在家门前的台阶上张望。

"你不会让我们也坐在后面吧？"温斯顿扣紧安全带问。

"如果你们这些孩子敢耍花招，我就会那样做的。"她严肃地看了我们一眼说。

*****

到了警察局，他们给我们找了一个房间，让我们待在里面，里面有一张破沙发、两把扶手椅、一张矮桌子和一篮子玩具。他们用机器做了可可饮料给我们喝，虽然难喝到让我想吐，但我还是心怀感激地喝掉了。过了一会儿，一个男人走了进来，他的眼神疲惫而亲切。"我是一名社会工作者，"他说，"你们可以叫我本。"

"我不能打电话吗？"我问他。

"他们已经给你父母打电话了。"本说。

"但我有权利打电话。即使我是个孩子，我还是有权利的，不是吗？我有很紧急的事。"

"有道理。我去问问。"

本回来示意我跟他走。我们下楼来到一间空着的办公室里："你不会打长途电话的，对吗？"

"不会，不会。就在凯蒂莱维。"本站在那里不动，"这是私人电话。"我坚持说。

"好的，我就在外面等你。不要打太久。你得先拨 9 才能打外线。"

当我不得不从社区中心办公室给家里打电话时，我就知道要这样拨号了。我打了一个夏天的电话，现在这个号码已经烂熟于心了。

"我要报料一条独家新闻！"新闻编辑部的人一接电话，我就马上说。

"又是凯朵吗？"他怀疑地问。

"是的，我是。我和一个偷汽车零件的贼在警察局。"

编辑的语气变了："一五一十地告诉我。"我快速地讲完了整个事件的来龙去脉，只提到了一些重要细节。

"干得好，凯朵。总结得很好。我要派一名记者去警察局。"我挂了电话，本正在门外等我，我走到了他身边。

******

我听见爸爸、妈妈和帕特同时说话的声音，他们来了。我冲到了门口。

"在这儿等着，凯朵……温斯顿。"本温和地劝住了我们。但我们还是从门口探出身子向外挥手。温斯顿的妈妈也跟在爸爸、妈妈和帕特之后进来了。

"我的妈妈，妈妈！"温斯顿喊着挥了挥手。温斯顿的妈妈面带焦虑转向我们，跟在她后面的是可怕的吉米，身后还拽着他的母亲！

"他在这儿干什么？"我喊道。

"这是我一生中最幸福的一天！凯朵入狱了！"吉米欢呼道。他妈妈试图让他安静下来。

"你没回家，我们只能挨个儿给你的朋友们打电话。"妈妈解释道，她的声音比屋里男性的声音都大。

"对不起，康妮。"吉米的妈妈向妈妈道歉，"他坚持要过来，说太担心凯朵了。"她转向"小细菌"说，"我还以为你是真的为朋友担心呢。回家之后你等着，吉米！"

"凯朵，罪犯！"当吉米的妈妈押着他走出警局时，他回过头喊道。

"是啊，你真是个烂人……"本走到我面前，把门拉上了，打断了我骂了一半的话。

"让我们冷静下来，深吸几口气。"他安慰着我们，把我们引回到那张奄拉着的沙发上。

"朋友！他不是我的朋友！"我被激怒了，"他比塔斯马尼亚恶魔（袋獾）更让我恼火！我气得冒烟……"

大人们突然一拥而上，打断了我的长篇大论。他们大声要求我们从头到尾叙述事情的经过。我们从分类广告开始讲起，然后讲到在猫和老鼠咖啡馆的见面，斯梅德利偷了东西，后来我找到了他的车，骑着自行车跟踪他，温斯顿去烟草店向店员打听才找到了我。

"斯坦利·斯梅德利？"爸爸突然问道。

"您认识这个人吗？"一个警察问。

"对的。他出席过汽车爱好者活动。他是个可疑的人，有过不正当交易记录。但利用孩子来实施犯罪计划……"爸爸摇了摇头说，"真是突破底线。"

"实际上，我们都知道斯梅德利，他这样做也不是第一次了。我们会关他一晚上，如果您愿意的话，请您明天回来确认您的财产，并对他提起诉讼。"

说了这么多话，我精疲力竭。他们说我们可以走了的时候我很高兴。

爸爸在艾德娜的旅行车驾驶座上转过身来，边倒车边说："如果斯梅德利觉得我不敢向史蒂倍克爱好者组织举报他，那他就大错特错了。狡猾的斯梅德利欺骗了人们，而且欺骗了太多次了。"

妈妈停止了轻声哼唱，咯咯地笑了起来，说："你有没有想过有一天你要把你的女儿从警察局里捞出来？"

"我没有。"他们都笑了。

******

从警察局拿回汽车零件后，爸爸和我在车库里给伯爵夫人做最后的修饰。它所有的部位都复原了，看起来美极了。爸爸启动了引擎，然后它像一只轻度哮喘的老虎一样发出呼噜声。

"我要带全家开车出去庆祝一下。"

"可是爸爸，今天是居家日。"我提醒他。

"凯朵，我觉得人生太短暂了，不能总窝在家里了。"

# 小镇报

## 凯蒂莱维一手新闻

### 少年记者栏目

#### 凯蒂莱维的义务警员

作者：吉米·马荣

在我的字典里，对"义务警员"的定义是指那些自己玩弄法律的人。凯朵·沃尔博，就是这样一个人。正当市民们悠闲地躺在床上睡觉时，一场复仇行动正在上演。十岁的凯朵在父母不知情的情况下联系了报纸上的分类广告。为了给她父亲的复古老轿车换零件，她和一个"可疑人物"进行了可疑的谈判。凯朵从来没有调查过免费提供零件广告的真伪，她无条件地相信它们很"抢手"。但这个骗子并没有给她汽化器，反而从弗雷德·沃尔博心爱的1941年史蒂倍克汽车上偷走了零件。当凯朵发现这是一起盗窃案后，她找到了那个所谓的小偷，闯入他的房子，偷回了零件，然后骑着自行车离开了。温斯顿·崔（十岁）是一名小学生，一直以来都很天真，当他来拯救凯朵时，也卷入了这一邪恶的阴谋中。凯朵·沃尔博这样的义务警员是一种危险势力，会将其他年轻人引入歧途，给社会徒增混乱。

# 12

# 好心办坏事

温斯顿和我情不自禁地把斯梅德利事件的所有细节都回顾了一遍。我们聊到了虚假广告、不诚实的成年人、凶猛的大狗和被带到警察局的事。我提议我们一起把整个故事写下来，然后当作少年记者的新闻稿件投稿。我们坐在温斯顿家后院吱吱作响的秋千上，吃着他妈妈从中式面包店买回来的美味椰子软包。我从温斯顿那里知道了很多种中国食品。

"我们两个人可以一起提交，然后平分积分。"

"和你一起写？"我敢肯定当温斯顿感到惊讶或生气的时候，他的头发会翘得更厉害，"你自己写，积分都归你，我不在乎。"

"但我们俩一起经历了这件事。而且，你会拼写而我不会。"

"我猜也是。我承认你很擅长把故事讲得激动人心，但内容必须是真实的。不要夸大。"

"当然！"我感觉被冒犯了，"我当然知道新闻应该是真实的。"

"那我们具体要怎么做呢？"

"你可以写第一段。"我建议道，"我来写下一段，写完再传给对方，直到完成。"

"可以尝试一下。"温斯顿勉强同意了。

\*\*\*\*\*\*

晚饭后，我和爸爸、妈妈坐在屋前的台阶上吹着晚风乘凉。

"我们知道你只是想帮助帕特和爸爸，你竟然神奇地帮到了帕特。"妈妈说，"说到这里简直不可思议。但和陌生人见面是很危险的，他说免费提供汽车零件可能是在撒谎。"

"他就是撒谎了！"我说。

"我是说，你可能会受伤。"

"我差点儿被一只吃人的狗吞掉！"

妈妈叹了口气，和爸爸交换了一个眼神说："你说得对，你差点儿就被吃了。"

爸爸用严肃的语气说："你知道我们不希望你自己在报纸上刊登或者回应广告吗？"

我用力地点头："是的，毋庸置疑。"

"那以后你会先问过我们吗？"妈妈接着问。

"我发誓。"我一边敬礼一边说。

"即使你的本意是为别人做些好事，或解决他们的问题，也会先问我们吗？"她问道。我犹豫了一下。

"听着，凯朵，"爸爸说，"想象一下，如果有人告诉你，只要妈妈从飞机上跳伞，你就可以当少年记者，你会作何感想。"

"有这种事吗？"我兴奋得差点儿没拿稳手里的西瓜。我想象着这样的标题：某女士为了孩子跳下飞机！还有我打电话就能得到积分了。

"不，这是虚构的，你不要高兴得太早。你不会因为想成为少年记者让妈妈冒生命危险吧？"

"我不会？"

他们的脸上露出了惊恐的表情，所以我很快地重复了一遍答案，确保我的音调没有在句末抬高，变得像疑问句。"不，不，我当然不会。"

"我不知道这场竞赛是怎么回事——让她的心灵都扭曲了。"爸爸说。

"没有，我明白了！"我赶紧说。我可不想在拿到三十五分之前就被关在精神失常少年收容所。我还差二十七分呢！

"安全第一，凯朵。"爸爸说，"对我们来说，你的安全受到威胁才是世界上最不开心的事。比伯爵夫人开不动了、帕特没有男朋友还要不开心。我们家人需要互相通报情况，我们之间不需要偷偷摸摸。"

偷偷摸摸！这个词刺痛了我。我并不想对我的家人偷偷摸摸，但我意识到这些事情的结果可能给别人带来了这样的感觉。"我保证不再偷偷摸摸。我给不认识的人打电话或写信之前会问你们。"

"很好！"

爸爸转向妈妈："你还有什么补充吗？"

"对于这个小人儿来说，这些基本是我们能预料到的所有情况了。"妈妈叹了口气，"我们只能往好处想。"

\*\*\*\*\*\*

第二天早上，我飞奔出门，准备去上游泳课。妈妈喊道："不要这样出门，你还没有梳头发。"她让我坐了下来，然后从钱包里掏出一把梳子。

"进了一次警察局磨炼了我的意志，"我若有所思地说，"噢！疼！"

"别这么孩子气。如果经常梳头，头发就不会打那么多结了。"妈妈给我梳头时，我在思考怎么才能多得一些积分，因为现在写信得分的不确定性太高了。妈妈给我梳完头发后，又用毛巾擦洗了我的脖子，我一把抓起卷好的毛巾，匆匆离开了家。我及时赶到了游泳池，和其他孩子一起排队，等待泳池注满水。

******

　　我们九点钟开始上课，池子里的水干净清透，还很凉，池底波光粼粼。我用游泳圈练习水母式和鸽子式游泳时喜欢看着这样的水面，这让我感到很愉悦。当我在练习的间隙紧贴着池边时，我喜欢用湿漉漉的手指在池边闪闪发光的蓝色花纹瓷砖上描来描去。

　　我不太会游泳。划、划、划，我只会划。虽然狗刨式游泳速度有限，但至少我能看到目的地，而且不会沉下去。然而，学习自由泳就像谋杀一样。把头转向一边，这样就可以把嘴露出水面呼吸，但同时又要保持身体挺直，这感觉很奇怪。我不停地吸着水而不是空气，我需要停下来换狗刨式，等不呛水的时候再换回自由泳。

　　"你翻来覆去的样子就像一台洗衣机。"温斯顿说。

　　老师对完美的泳姿很有执念。你必须把双手弯成杯状，尽量向前伸，同时用腿打水。我可以打水，也可以伸手，但不能同时做这两个动作，所以我交替地游着。

　　"打水，凯朵！"老师喊道。

　　"凯朵，伸手！"她喊得超级大声，我在水下都能听到她的声音。

"身体挺直，凯朵！"

我在努力，我在努力，我想。省省你的嗓子。为了获得游泳证书，我们必须游完两圈自由泳和两圈蛙泳——蛙泳比自由泳容易得多。我在蛙泳的时候腿游得比真的青蛙还好。（"那是因为你是从蝌蚪开始生活的。"爸爸这样解释。）我们还得游两圈仰泳，那简直是场灾难。我总是会撞到人，或者把头撞在池边，因为我仰泳时游不出直线。

\*\*\*\*\*\*

七月底，我们进行了测试。简单热身后，我们坐在岸边，顶着湿漉漉的头发，等着挨个儿测试。我是最后一个，因为我的姓氏是以字母"W"开头的，排序靠后。风一直在吹，我下水之前牙齿在打战，指尖也又青又皱。我发挥得还可以，在测试过程中，我只停下来狗刨了几次，呛了一次水。当我仰泳时，我像往常一样又没游出直线，但其他孩子对我大吼大叫，指挥我努力回到了正轨上。从水里出来的时候我已经筋疲力尽了，站在那里双腿发抖。

我通过了！老师们给我们分发游泳徽章，顺便提醒我们下午四点在游泳池前集合，到时候《小镇报》会给游泳课程的毕业生拍合影。

我想，我可以获得一分，因为我的照片上了报纸；还可以再获得两分，因为我拿到了游泳证书。"多美好的一天！"

"嘿，凯朵！"我转过身来，看见妈妈、帕特和穿着油漆工工作服的爸爸在游泳池的铁栅栏外向我挥手。他们来看我考试了。我出来的时候，他们还在等我，爸爸在和温斯顿说话。

"恭喜你，凯朵！"帕特尖叫着跑过来抱住了我，"现在我们家里又多了一个运动员！爸爸要回去工作了，妈妈带我们去猫和老鼠咖啡馆吃饭庆祝。"

******

"我必须再参加一项体育运动，这样我才能再得两分。"我边喝奶昔边说。

"周一来和我一起上呼啦圈健身课吧，"帕特提议，"我们一起跳各种很酷的舞步。"

"我没有呼啦圈。"

"没关系，社区中心有很多。"

我同意一试，但失败了。

\*\*\*\*\*\*

到了星期一，我和帕特一起去上课，但我转不起来呼啦圈。我疯狂地转动它，可它一直往地上掉。我试着把两腿分开站，防止它逆时针旋转，但根本不管用。我转得更用力了，像鳗鱼一样扭动着，但几秒钟后它又掉在了地上。我断定呼啦圈运动并不适合我，我还是参加我最喜欢的骑自行车活动吧，虽然拿不到积分。

\*\*\*\*\*\*

我又去了社区中心办公室。外面的公告栏上贴着一张清单，上面不断更新着可以获得积分的活动。你看到感兴趣的活动可以找接待员咨询，她会解释细节。上面的很多活动都是帮那些不能自己带狗出去散步的人遛狗。我去前台问过，扎巴罗小姐需要有人帮她遛一只名叫泰迪的法国贵宾犬。我之前看见过她拄着拐杖坐在她家前门的廊上，看着她那只胖乎乎的棕色小狗在围起来的院子里到处嗅。那只贵宾犬长得和甜瓜一样圆，显然很需要锻炼，所以我在骑自行车出门之前把卫斯理的网球塞进了短裤的口袋里。

******

"这对泰迪来说很有帮助——它需要减轻一点儿体重。"当我到她家时，她说，"你能保证好好照顾它吗？记住，千万不要松开拴狗的皮带。"

我锁上了自行车，带泰迪去了公园。它慢慢地、摇摇摆摆地走着，累得气喘吁吁。我们刚到公园，它就坐在地上开始休息了。过了一会儿，它站起来，期待地看着我，然后我把球扔了几米远。它朝着球跑去，皮带耷拉在了地上，然后在球旁边坐下。

"来吧，泰迪。把球带回来。"我拉紧皮带，它不情愿地回来了。我们这样做了几次，但泰迪显然厌倦了皮带的束缚，没过多久就不愿意追球了。照这个速度，泰迪永远也减不了肥。我们离马路很远，泰迪还很胖，我相信它不会跑丢的，所以我解开了皮带。泰迪一跃而起，盯着球，期待地手舞足蹈。我尽可能把球扔得很远，泰迪飞奔起来。看到它突然跑得这么快我很惊喜。

"好孩子，泰迪！拿到它！把它带回来！"但泰迪径直跑过球，继续往前跑。我跟在它后面大声喊着："泰迪。"但它并没有放慢脚步，而是飞快地跑进了灌木丛中，又从另一边跑了出去，向公园边缘的树林冲去。当我蹒跚着走到树林前时，它已经消失了。

我在公园和周围的街道上找它，呼唤着它的名字，找了一个多小时，我的声音越来越嘶哑，最后我不得不放弃，拖着沉重的步伐回到了扎巴罗小姐的家。她对我很不满。

******

两天后，扎巴罗小姐打电话告诉我，泰迪一路跑到了几千米外的一个叫作潘克赫斯特的村庄。"幸运的是，它的狗牌上有我的电话号码。"她让我去她家，好让她在我的积分表上签名。我觉得她真的好宽容。

我去她家找她，她带着亲切的微笑走到门口："凯朵，能把表格给我吗？"

我递给了她，她转身在门厅的桌子上很用力地写起来，像要划破纸，或者至少会刮坏家具。她点完最后一个标点符

号之后高兴地说："哈！"然后直起身子，带着一如既往
和蔼的微笑转向我，但现在我觉得她的笑容很诡异，有些
邪恶。

"给你，"她说着把我的表格递了回来，"我相信你不
会觉得不公平的。"我低头看到她签了名，在描述那栏下写
道：遛狗，把狗丢了，减去两分。减两分！

******

弄丢泰迪极大地打击了我赚取社区积分的积极性，我决定在家里帮爸爸干活儿。

"现在你有多少分了？"他在厨房的水槽下面嘟囔道。水槽堵了，他正努力地把生锈的横排水管拆下来。既然泰迪已经回家了，我觉得告诉他我把狗弄丢的事也没关系。爸爸觉得这很有趣，他大笑起来，我也跟着笑了。

我们擦了擦眼角笑出的泪花，停止大笑。我告诉爸爸，我已经失去了勇气。他告诉我，面对困难时我们家的人都不会轻言放弃，尤其是对有趣的事情。我感觉好多了，决定再试一次。

******

第二天，我又去社区中心看公告栏，发现有一个除草活动，就在我们家的那条巷子里。我打理过妈妈的植物园、明子的花园，还在跟艾德娜采摘莓子的时候了解过毒藤的知识，我都可以称得上一个真正的植物专家了。我在社区中心办公室拿到了泽维尔先生的地址，直接骑车去了他家。

\*\*\*\*\*\*

"把草坪上的蒲公英还有花床上的草藤择出来就行。不用做别的！"泽维尔先生拄着两根拐杖，缓慢地沿着花园的小路走了过来。他晃晃悠悠地举起一根拐杖，指了指附近花床上的草藤，但其实我早就知道草藤长什么样了。

"几分钟后会有人来带我出门，所以我先给你签表格。"泽维尔先生离开后，我走进花园，挖出黄色的蒲公英，拔出淡紫色的小草藤，它们长得像微型金鱼草。但后来我发现了一株野黑莓，它名声很差，因为会夺取其他植物的空气和养分。我想如果我把这个也一起摘掉，泽维尔先生会很高兴，也许会多给我一分，这样就能把因为弄丢泰迪扣的分数补回来了。

那株野黑莓真的很难拔出来。我得把它砍成碎片，再连根拔起。在不懈努力之后，我成功了。

"哎呀！"我抬起头来，看到泽维尔先生走到了阳台上。"我回来早了，想出来看看情况怎么样……哦，天哪，你做了什么？"我没想到一个男人的声音也能变得那么高。

"我拔出了蒲公英和草藤，后来我看到了一株野黑莓，所以我把它也给您拔出来了。"

"那不是野黑莓，蠢孩子，那是中国的攀缘玫瑰！"

他一分都没给我，但起码也没给我减分。

\*\*\*\*\*\*

我正准备去图书馆的时候，电话响了。是《小镇报》热线打来的——我听出了接线员的声音。

"这是那个举报汽车爱好者俱乐部案件的孩子的电话吗？"

"正是本人。"我骄傲地说。

"凯朵·沃尔博吗？"

"是的！"

"你快去看看报纸，你将获得提供突发新闻线索的额外奖励积分。"

"哇！我能得到多少分？"

"你提供的这种大新闻能得到十分。带上你的积分表来前台吧！”

"谢谢！"我挂断了电话。哈哈哈！

\*\*\*\*\*\*

我把自行车锁在报社前，把旧袜子挂在两个车把上，把新的粉红色装饰带藏在了袜子里。在斯坦利·斯梅德利事件后，我非常清楚小偷偷走价值连城的汽车配件和收藏品的犯罪手法。

"给车把手穿毛衣，你这个引领潮流的小鬼。"我抬起头看到吉米站在我面前，"现在大家都想偷走它们了！"

"哈哈哈，"我讽刺地说，"你在这里做什么？"

"我？这儿是我的第二个家。"他得意扬扬地说。

"马上就不是了。"

我走到前台，把表格递了过去。朱迪笑着帮我加了十分，她得意扬扬地帮我盖上了《小镇报》的印章。"给你，祝贺你出色地完成了调查工作。"

"你看起来和我一样开心。"

"当然了，我们姐妹必须团结一心！"

\*\*\*\*\*\*

　　我没有去图书馆，而是直接骑车去了明子家。她打开门时，我正准备告诉她我的好消息，但一开门我就看到了铺满地板的纸板隧道网，于是把想说的话忘得一干二净。它们缠绕在家具下面，在门口分岔，蜿蜒进入隔壁房间。我目瞪口呆地站在那里，听到小动物穿过隧道的脚步声。明子还在里面剪出了门窗，马克西姆斯和阿拉贝拉毛茸茸的脑袋每隔一会儿就会伸出来，它们眨着黑色的眼睛晃动着胡须。我跪下来往隧道里面看，和它们打招呼。

　　"你积了多少分了？"明子问我，我突然想起我来的目的，跳起来从口袋里掏出表格。因为反复折叠了太多次，加上来回换衣服口袋，它变得又皱又脏。

　　"这么多项目！"明子惊道，"让我们边喝薄荷茶边吃曲奇，把积分加到一起。"泡好茶后，我们坐在桌子旁，明子拿出了一盘曲奇，有橘子味和巧克力味的，搭配薄荷茶吃非常美味。

　　"这个曲奇太棒了，明子。"

　　"我也这么认为，"她附和说，"我叫它'鸟之歌'。"

# 小镇报

## 少年记者大赛

# 积分表

姓名 _____

| 描述 | 积分 | 签名 / 印章 |
|---|---|---|
| ~~苏亚耻提~~ | 2 | ~~胡安 王~~ |
| ~~放贴海报~~ | +1 | 艾德娜·罗莎 |
| 阅读3本图书馆藏书 | -1 | 莱朋友 |
| 凯朵的照片登上报纸 | 2 | 明 阿加塔 |
| 帮助老人 | | |
| 盐空以压班 | 2 | 埃克勒·怡今 |
| 浴游的少书 | 2 | |
| 骑车去消防站救了一只卡在树上的猫 | | 下高特 |
| 追狗·把狗丢了 !!! | (-2) | 海伦·扎巴罗 |
| ~~降车~~ | 2 | 卓佩奇 |
| 发现新闻线索! | 10 | |

总分 _____

226

我们开始算总分。

"我有十八分了。"我靠在了座椅靠背上。

"我算的也是。你需要多少分呢？"

"三十五分。"

"让我再看看。"我把表格递给了她，明子研究了一下说，"你拿到了游泳证书。"

"是的。"

"你还在图书馆的夏季阅读计划中读了五本书，得到了积分。"

"是的，之后我又读了三本书，再读两本就还能再得一分。到目前为止我最喜欢的书是《夏洛的网》《精灵鼠小弟》，还有《绿山墙的安妮》《黑神驹》，还有……"我努力回忆时看到马克西姆斯走出了隧道，到它的提基小屋里吃生菜，"哦，还有《魔法灾神》，还有一些我虽然开始看了但还没看完的，因为我没那么喜欢读那些。不能得半分太不人性化了。"

"其中一些积分被画掉了。"明子指出了我没能成功帮到社区居民的证据。我和她讲我弄丢了泰迪，拔掉了罕见的攀缘玫瑰，还把沙盒搞得一团乱。

"哎哟，好心也可能办坏事！"

"这可不是闹着玩的。"我浑身发抖。

"也许你应该坚持做那些集体志愿活动，像捡垃圾活动那种。"明子把表格还给我说，"你愿意帮我再搭一条隧道吗？我觉得我们需要搭一条可以直接通向提基小屋的隧道。"

"当然愿意！"


******


我回到家，妈妈正在——虽然叫作餐桌但从来不用来吃饭的——桌子旁缝一块黄色的布料。她戴着老花镜，脖子上挂着皮尺。

"帕特呢？"妈妈低着头问。她不停地把针插进布料里，再拉出来，戳到她手腕上的针插上。

"她和星云一起去露天舞台排练了。"

"你能骑车把她接回来吗？我需要她试一下这个，然后再缝上……哎哟！"妈妈没戳中针插，戳到了胳膊。

"流血了吗？"我问，暗暗希望这能成为给《小镇报》热线打电话的新闻素材。标题：缝衣服的女士急需输血。

"你能现在就去吗？"疼痛显然让她变得暴躁。

"我已经在路上了！"我一跃而起，穿过纱门，咔嗒咔嗒地走下楼梯。向日葵已经长得比我还高了。我给它们浇了上百吨水，所以我开始关心它们的健康了。我小心地从它们中间快速穿过，走到车库旁边，我的自行车停靠在那儿。我骑上它向巷子里冲去，车轮轧得砾石嘎吱作响。

"你要去哪儿？"温斯顿的头从篱笆后面冒了出来。

"露天舞台。我得去找帕特，让她回来试演出服。"

"等等，我跟你一起去。"

"你有演出服了吗？"我们沿着小巷骑车时我问道。

"是的，我妈妈在伍尔沃斯给我买了一条海军蓝的长牛仔裤还有配套的袜子，我们要用锡箔剪出银色的星星，缝到裤子上。"

我们骑到了公园边上。草地和茂盛的树木环绕着公园。公园中间微微凸起的高地就是露天舞台。巨大的枫树树枝笼罩着露天舞台的尖顶。

我们停止了交谈，悄悄地穿过公园，骑到了露天舞台的背面。帕特和星云在舞台上背对着我们，面向观众通常坐的草地斜坡。我们走近了一些，小心翼翼地把自行车放在草地上。我们弯着腰，蹑手蹑脚地走到露天舞台的正面，肚子贴着楼梯爬了上去，头都要贴地了。疯狂的星云从我们面前掠过，她裹着一个印有涡旋花纹的黄色床单，正绕着帕特转圈。帕特紧张地站在那里，胸前举着一个记事本。在绕着帕特转了几圈之后，星云转圈的速度慢了下来。她假装双眼紧闭，但其实只是在眯着眼。

"耀眼的银河系降临的时候，小行星们钦佩地跪了下来。是的，这听起来不错。记下来，帕特。"

帕特很听话，潦草地记着笔记。

"小行星要干吗？"温斯顿站起来问道。

"我们还需要跪下来？"我跳到了他旁边。星云停了下来，盯着我们说："这是一次私人排练，孩子们！"她挺直了身板，把床单的末端搭在肩上，当作宽外袍。"被公众追求的痛苦。"她用手背扶了扶额头，戏剧性地叹了口气。

"其实，我们只是来找帕特让她回去试演出服的。"

"哦，很棒！"帕特咧嘴一笑，把笔记本和铅笔递给星云，匆匆走下楼梯。

"帕——特——"星云拉长音喊着她的名字，"我还没练最后一个乐章呢！"她转向我和温斯顿，拿着笔记本虚伪地笑着。"凯朵……"她试图用花言巧语哄骗我。

"我可不行哦。我还得去赚积分呢。"

# 13

# 妈妈复出

"你们猜谁给我打电话了。"妈妈兴奋地说。

"谁？"帕特、爸爸和我像三只猫头鹰一样异口同声地说。

"布莱尔·格莱吉！"妈妈拍了拍桌子，又坐了回去，满怀期待地看着我们的脸。

"因为采访吗？"我尖叫道。我并不是有意用假声说话，但我想这样才能体现出我有多兴奋。如果能登报，我肯定会得到两分。

"那是何方神圣？"爸爸问道，拿起冷盘吃起了裹着花生酱和葡萄干的芹菜，"这是什么？"

"高级菜，你会喜欢的。"妈妈回答。

"布莱尔·格莱吉是写《小镇见闻》那个社会专栏的编辑！"帕特激动地说，把双手放到下巴上揉搓着。

"我不觉得小镇能称得上社会。"爸爸说着又拿起了一根芹菜。他停下来，看了看它说，"放点儿辣椒也无妨。"伸手拿起一瓶红魔辣酱。我们都停下来看他撒上酱汁后，咬了一口。"哼，嗯，嗯，嗯。"爸爸一边高兴地嚼碎芹菜一边问，"那社会先生想要做什么呢？"

"当然是采访我。"

"为什么呢？"

"凯朵采访我后，把采访笔记寄给了他。如果他采用了这些素材，凯朵就会得到积分。她的笔记里提到我曾经是歌手康妮·巴勒莫，并将在才艺表演上唱歌。他听过我的艺名，但不知道我住在镇上。他称之为我的复出。"

爸爸跳起来，跑到水槽前。

"这难道不令人兴奋吗，弗雷德？"妈妈问他。

"太热了！我需要喝水！"爸爸喘着气说，然后喝了一杯水，又坐了下来。

"怎么了？"妈妈问道。

"嗯？"爸爸又挑了一根芹菜。

"你不觉得兴奋吗，爸爸？"帕特问道。

"如果妈妈感到兴奋，那我也很兴奋。"

\*\*\*\*\*\*

采访的当天早上，妈妈穿着她的花绸连衣裙和绿色缎面高跟鞋（都是在合适的时机从二手商店淘到的宝贝）。她将在大酒店吃午餐时接受采访。我坐在她的床边看着她——我喜欢看妈妈化妆。她打开了一个红色的小盒子，在那个深色的粉饼上面吐了口水，然后用一把小刷子擦了擦。她靠近镜子，在睫毛上刷睫毛膏。她在鼻子上扑了些粉，噘起嘴涂上了唇膏。然后她整理了头发，戴上一对闪闪发亮的绿色耳环，最后喷了喷香水，结束了梳妆打扮。

"我看起来怎么样？"她在镜子里对我微笑，站起来转了一圈。

　　"非常美丽！"她像是被仙女教母的魔杖施了魔法，全身都在闪闪发亮，完美无瑕。她迈着舞步向前走，对于一个大体格的人来说，步伐异常轻快。妈妈仿佛成了仙女教母，或者那个不真切的康妮·巴勒莫——她的歌声能让人们开心地从座位上跳起来，被音乐感染翩翩起舞。就像家庭电影里的情节一样，她举办过个人演唱会。

　　我既感到骄傲又感到害怕。如果她真的就此复出了，大家都和我们一样喜欢她怎么办？

　　"妈妈！"

　　她正在收拾钱包，听到我叫她就抬起头来："怎么了，我的小甜心？"

　　"你不会改变的，对吗？"她对我笑了笑，然后冲过来，抱着我在整个房间里到处转圈。"永远不会，不会，不会！"她用美妙的声音喊道。我们气喘吁吁地倒在床上，咯咯地笑着。"好了，最后再检查一下口红。"她说着坐起来照了照镜子，然后抓起手包，愉快地走出了房间。

　　"你不送送我吗？"她咔嗒咔嗒地下了楼。

　　"要的！"我跳起来，追在她身后。

　　我们走到门廊，帕特帮我们打开了前门。

"原来她在这里！"她轻吻着我们的脸。

"么，么——不能蹭到口红。"她在门口转过身来眨了眨眼睛，"乖乖在家待着。我回来再和你们讲。"

我没能目送她下山，因为突然有人敲后门。我跑进了屋里。"等等，凯朵。"帕特喊道，"砰"地带上身后的门，追上我说，"让我去开门！"

是温斯顿来了。他递给我一张黄色的纸说："这是我写的第一段。"

"哦，哇！你好快。"我在厨房拉出椅子，坐在桌子旁开始读起来。温斯顿在一旁看着我。

凯朵·沃尔博（十岁）和温斯顿·崔（十岁）回应了一个《小镇报》上刊登的分类广告。广告里声称可以用旧车零件换取新零件。他们想要换取一个1941年史蒂倍克新车用的汽化器，作为礼物送给凯朵·沃尔博的父亲弗雷德·沃尔博。谎称自己名叫约翰·史密斯的卖家主动提出可以帮忙安装零件，但当天晚上，他为了偷走车上的零件，趁沃尔博一家人睡觉的时候，毁了他们的新车。

"这太无聊了！"我抱怨道。

"你什么意思？"温斯顿很不高兴，"我陈述了事实。"

"我觉得我不太清醒。"我倒在椅子上瘫了一会儿，然后坐起来，打开装读报用具的抽屉，拿出一支铅笔开始写作。

> 小偷的真名是斯坦利·斯梅德利，又名私贪利·斯梅德利。

"如果他还没有被判刑，你必须用'犯罪嫌疑人'。"他反对说。

"那是什么意思呢？"

"也许有罪的意思。"

"哦。犯罪嫌疑人怎么拼？"温斯顿拿起铅笔帮我拼出来了。我拿回铅笔，写道：

> 两个英雄少年在他的窝里找到了他，他把疯狂的恶狗放出来追他们。孩子们只能以超人的速度骑自行车才活着逃出去。

温斯顿用手抓了抓头发，他的发根又立起来了："你不能说'疯狂的恶狗'！"

"为什么不能？"

"新闻必须是真实的。你不知道阿提拉是什么样的。"

"嗯，我知道它很疯狂。我看见斯梅德利喂了它一大块生肉。"

"但你看到的只是生肉。"

"那就够了。"

"还有我们也没有以超人的速度骑行。"

"那是我当时的真实感受。听着，如果我像你一样写作，所有人都会无聊死的。"

"如果我像你一样写作，我会被逮捕的。"

啪！

"凯朵，你上头版了！"帕特喊道。

"因为什么？"

"《小镇报》的游泳项目毕业生照片！"她一边走进厨房，一边读道。她"啪"地把报纸放在了我们写的文章上面。照片里大概有一百多个孩子站在游泳池外，每个人都拿着游泳徽章。

“你在这里。”温斯顿说。

“在哪里？”我问。

他们同时指了出来：“这里！”

我眯起眼睛看着照片。自从在游泳馆拍了照片后，我找到机会就向人抱怨站在我前面挡着我的高个子女孩儿。我跳上跳下，希望快门能在我跳在空中的时候按下。我觉得因为她我可能拿不到那一分了。

“我不知道你们在说什么。”我低头看着报纸，鼻子都快碰到它了，“是的！我在那里！”我看到了我的眉毛。如果我走到报社的前台，把它举在脸边，我就能得到一分了——我的眉毛非常独特，更不用说还有我的发型了。非常棒！照片上报加一分！

温斯顿和我不停地润色我们的作品，后来妈妈回家了。我们问她情况怎么样，但她说想等到晚饭再一起说，这样爸爸也能听到。

******

我们啃着玉米棒、吃着马铃薯沙拉，轮流讲述自己今天过得怎么样。但我只关心妈妈吃午餐时发生的事。

"午餐很好吃，"她说着用餐巾擦了擦嘴唇，"但他花了一半的时间和我讲他采访过的名人们。"

"在小镇里的吗？"爸爸问道。

"小镇周边，"妈妈补充道，"剩下的时间他都在挑剔地选酒。我说我不想喝酒的时候，他假装没事，但我感觉他有点儿不爽，因为没机会炫耀他是葡萄酒专家。"

爸爸哼了一声。

"我当时不确定他是否还会采访我了，"妈妈继续说，"但后来他拿出了我年轻时做歌手的剪报。"她转向我，"猜猜是谁做的？"

我摇了摇头。

"你的朋友，朱迪。"

"记者朱迪吗？"

"对，就是她。"

"太好了！"我为朱迪感到骄傲。

"他问了我几个问题，"妈妈说，"但他最关心的是我有没有和名人一起共事过。"

"你有过吗？"帕特问道。

　　"我从来没有和乐队以外的人合作过，但在我们第一次巡演时，我就遇到了佩吉·李。我们曾为盖伊·隆巴多做开场表演。我们去纽约的时候，我得到了艾拉·菲茨杰拉德的签名。"我知道佩吉·李和艾拉·菲茨杰拉德是谁，因为妈妈放过他们的唱片。但我不知道那个盖伊是谁。

******

　　一周后，爸爸放了一天假，所以他建议去红龙湖野餐、游泳。我们在水边度过了特别的一天。我们把行李装回车里时，我感到心情愉悦，精神抖擞。回家的路上爸爸选择了一条悠闲的路线，我们沿着乡间小路蜿蜒前进，路上还经过了一些小农场和果园。他把车开得很慢，这样伯爵夫人也能欣赏美丽的风景。当我们回到凯蒂莱维的时候，我们都很饿了，所以直接开车去了猫和老鼠咖啡馆。爸爸在一条街外找到了一个停车位。

　　我们沿着街走向咖啡馆，突然一个男人拦住了妈妈。

　　"打扰了，你是康妮·巴勒莫吗？"他问道，"我妻子和我都是您的真爱粉丝！"

"谢谢您。"妈妈的脸涨得通红。

"我无法形容看到您要复出我们有多兴奋。"

"您真好。我们得走了。"妈妈催促我们。

他在我们身后喊道:"我们会去看的!"

爸爸看着妈妈说:"我感觉《小镇报》的采访已经登出来了。"

****** 

我们到了咖啡馆,所有路过我们卡座的人好像都有话要对妈妈说。

"康妮,报纸上的照片真棒。"

"我们都不知道你还会唱歌。"

"你期待这个重要的夜晚吗?"

我在一张刚空出来的桌子上看到了一份《小镇报》,赶紧把它拿了过来。我们点了餐之后,爸爸、妈妈和帕特都凑过来听我用柔和的声音读出那篇采访。它的标题是"本地歌手复出",内容介绍了妈妈和大乐队一起巡演的职业生涯,还配上了一张很漂亮的照片,还有一些老照片,有在舞台上唱歌的照片，还有她在旧海报上的照片。

"我太骄傲了。"帕特抱着妈妈兴高采烈地说，她双手合十放在了下巴下面，"但这种感觉有点儿奇怪，在报纸上读到你，像看别人的新闻一样。"

爸爸点了点头说："有点儿恍惚。"

我们的晚餐来了，我把报纸折好开始吃饭。吃饭的时候，一个女人拉着她的孩子走到我们的卡座旁说："我家亨丽埃塔想成为一名歌手，您能帮忙把她介绍给合适的人吗？"我认出了那个女人。沙盒滑铁卢事件中最坏的攻击者也是她的孩子。"哦，是你！"她说着皱了皱鼻子，"我想天赋或许并不能自动遗传给下一代。"

妈妈迷惑地看了看我和那个女人，然后结结巴巴地说："对不起，我和音乐界的人都失去联系了。"女人的表情变得酸酸的："写得和真的似的。可能小人物太需要帮助了吧，走吧，亨丽埃塔。"

她转向妈妈说："不管怎样，我以前根本没听说过你。"

吃饭的时候一直都是这种情况。有个人甚至连问都没问就过来坐到了我们的卡座上，然后搂着妈妈，让朋友给他拍照："你不会介意的，对吗？多有面子！"

闪光灯离我们太近了，我们被闪得什么也看不见。

隔着几个卡座的两个老太太一直盯着妈妈，大声议论着："那是她吗？她的照片比本人好看多了。这就是上相吧——只有在照片上才好看。"女服务员过来清理我们的盘子，问我们要不要吃甜点："店主说如果您能给我们一张签名照片，并在上面写上您有多喜欢猫和老鼠咖啡馆，就可以送您免费的甜点。"

"我想我们不用吃甜点了。"爸爸说着站起身来，示意我们起身出发。

"派呢？"帕特抱怨道，"甜点是晚饭的精华所在。"

"我觉得我们可以在家里做一些，"爸爸说，"妈妈不应该再充当焦点了。"帕特和我看着妈妈，她看上去确实有点儿奇怪，有点儿像马克西姆斯和阿拉贝拉听到街上汽车发动的反应——它们会僵直地坐在地上，抖动着耳朵和胡须，然后跑开。

妈妈去收银台结账，尽管我们家是她管钱，但她现在好像不知道该怎么打开钱包了。爸爸温柔地从她手里拿过钱包，数出钱付了账，然后把钱包放回她的手包里。

走着去找伯爵夫人时，一些人从车窗里大喊："为我们唱歌吧，康妮。"

"又回到了这种时候，"爸爸抱怨道，"一点儿隐私都没有。"

\*\*\*\*\*\*

我骑车去《小镇报》核对我的积分，发现采访妈妈获得了两分，而采访明子没有获得积分。我问朱迪原因。

"格莱吉对有意义的新闻不感兴趣，他只关心泡沫娱乐。"

"我听到有人在说我坏话。"布莱尔·格莱吉从编辑部下了楼梯。

"您为什么没有采访明子呢？"我问。

"我明白了，你在贪图积分。"朱迪递给他一捆信件，他翻了翻，叹了口气转身对我说，"好吧，如果你一定要知道原因的话，阿库雷夫人的故事有点儿丧气。《小镇见闻》应该是有趣的、发掘好的新闻。谁会想读到讨厌的集中营？"他耸了耸肩说，"现在，大乐队歌手康妮·巴勒莫复出——这是多么完美的夏季读物。一个乡下姑娘的真实故事会让人感到愉悦！"

"但明子的故事也很有趣的。那是……历史。"我辩解道。

"不是我的读者感兴趣的那种历史。但起码你已经得了两分，做得好。"他拍了拍我的头，慢悠悠地吹着口哨走了出去。

****** 

"我抚摸着你。"妈妈一边洗碗一边唱道。我坐在桌旁做拼写测试。

"下一个词是什么？"我问。

"呃……"妈妈看了一眼立在窗台上的单词表，然后开始唱另一首歌。只要能想到对应的歌词，妈妈就喜欢把我要拼写的单词放在歌词里唱出来。

"因为你有个性……"

"个性？"她边点头边唱着歌。这时电话响了，她走过去接电话。"嘿，艾德娜！怎么了？"妈妈听着，"才艺表演彩排。"她看了我一眼，走进了储藏室，用露出来的绳子带上了门。我放下铅笔，踮起脚尖，把耳朵贴在门上。"我很乐意……"她说着靠近了烘豆，然后小心地咳嗽起来，

"……但我现在嗓子痛。需要养养喉咙。"我惊呆了。"好的好的，我感觉好点儿的时候就告诉你……好的，再见。"

她走出来，放下了话筒。

"妈妈，你骗了艾德娜。"

她看起来很内疚："你不应该听到这些。"

"我感到无比惊讶！"通常我只会在投稿时这样开场，但似乎这句话也契合现在的情况。

"我没有说谎。"

"你刚刚唱得正起劲，嗓音也没什么问题。"

"是的，但唱完最后两句我胸口有点儿不舒服。"她假装咳嗽着，"接着练拼写怎么样？"妈妈又边看着窗台上的单词表边洗起了碗，"……呃……不悦，比如……"

"比如'妈妈对她最好的朋友艾德娜撒谎了，这让我很不悦。'"

妈妈什么也没说。而是拼命地用钢丝球刷着锅。但没过多久，她又开始哼唱了，她在洗碗的时候会习惯性地唱歌。

"我准备好拼下一个单词了。"

"下一个是友谊。"她唱了一首有关地久天长的完美友谊的歌。

"嗯,我知道有一种友谊是会变化的。"我嘟囔着,很担心妈妈和艾德娜。

\*\*\*\*\*\*

下午五点多,我开始在前院附近转悠。我想在爸爸回家之前逮到他。不久,画有插画的卡车开过来了,爸爸从乘客侧下了车。他穿着工作服,上面有被白色油漆溅到的痕迹,干燥的油漆紧紧地粘在他的头发和眉毛上。

"你好,凯朵。"他说着推开了大门。又转过身来回拉动大门,对着吱呀声皱眉头。

"爸爸?"

"我需要修理这扇门。我要去拿我的工具箱。"我沿着房子旁边的小路匆匆跟着他。

"凯朵,今天过得开心吗?我今天感到很满足。把旧房间粉刷成闪闪发光的新房间最有成就感了。"他走进地下室,噼里啪啦地在他成箱的螺丝、钉子、铰链和其他五金里翻找着,最后找到了工具箱,向前门走去。

我开启了助手模式,蹲在他旁边,在他要求之前就把正确的工具递给了他。

快完成时，我说："爸爸，我要说一些可能会让你难过的话。"

他把一个新的铰链拧进前门，在上面喷了一些油，然后带着一脸担心的表情转向我问："什么事？"

我和他讲了妈妈撒的谎。

爸爸看起来更担心了。他说："这不太好吧？"他自言自语了一会儿，然后说，"交给我吧，凯朵。"

\*\*\*\*\*\*

第二天晚饭后，爸爸、帕特和我一起去艾德娜家排练。

"我来刷碗吧。"妈妈咳了几声，"刷完我就喝点儿柠檬茶，早点儿睡觉。"

"好吧，谢谢妈妈。"帕特说。

"你一定要好好休息一下。"爸爸吻了吻她的前额。

但我们没有去罗素家，艾德娜、星云、小天狼星、小矮星、温斯顿和我们三个人，一共八个人在两家中间的人行道上聚集起来，然后蹑手蹑脚地爬回楼梯，走进厨房，妈妈正背对着我们洗碗。她在唱艾拉·菲茨杰拉德一张唱片里的《丢手绢》。温斯顿在队尾小心翼翼地关上门，确保纱门没发出动静。

"康妮？"爸爸说。

妈妈大叫一声，然后跳了起来，看上去很惊恐。她把双手放在胸前："我的天哪！你们在我背后偷偷摸摸做什么呢？"

"我们决定，既然你不能或不会来排练，"艾德娜说，"我们就来找你排练。"她抱着双臂，担心地看着妈妈，"康妮，你到底怎么了？"

妈妈用手捂住了嘴，然后脱口而出："我不能在才艺表演中唱歌了。"

"为什么不能呢？"

"就是不能。"妈妈拽着围裙。

"我还以为你想去呢。你说过《星际盛会》很适合我们的观星俱乐部。"

"我是这么说过，确实很适合。但我退出也不影响你们继续演出。"

我们马上进行了集体抗议。

"你是我们的骄傲，"帕特叫道，"我们希望你能代表大家唱歌。"

"这就是问题。我不能代表大家唱歌。我只能在这里唱歌，在厨房里洗碗的时候。"

"可是你和大乐队一起唱过歌，妈妈。"我抗议道。

"然后你就不唱了，从来没有说过原因。"爸爸平静地说。

"我不能告诉任何人，弗雷德。"

"为什么呢？"我们异口同声地问。她低下头来，嘟囔了些什么。

"说出来吧，妈妈，你在小声说话。"帕特说。

"怯场。"妈妈拉出一把椅子，坐在桌子旁。我们面面相觑，"情况很严重，甚至越来越糟。我的手会抖，声音会抖，我的心跳声都能盖过鼓声。我无法呼吸，我很害怕。"

"哦，可怜的妈妈。"帕特和我搂住她，揉了揉她的背。所有人都走了进来，坐在桌子旁或靠在台子上。

爸爸点点头说："我不知道你为什么要放弃那么喜欢的事情。当时你说你厌倦了，我简直不敢相信。现在我终于明白是为什么了。"

"你应该早点儿告诉我们的，康妮。"艾德娜把小矮星交给了星云，然后抱住了妈妈，"我们肯定会理解你的。"

"我为怯场感到羞愧，我本以为我已经好了。我独自练习这首歌时，只有一点儿紧张。但后来采访上报了，所有人都开始用不同以往的方式对待我，紧张的感觉又回来了。我又开始对在公共场合唱歌感到恐慌了。"

"喝杯好茶怎么样？"爸爸问道，烧上了水。

"应该再来点儿甜品和茶一起享用，"艾德娜说，"亲爱的小天狼星，你能帮忙拿一下我为彩排烤的饼干吗？"

"去年秋天在少女锦标赛比赛前我很害怕来着，"帕特说，"但一开始打球，我就感觉好多了。"

"在社会考试前我的胃疼得厉害，只能待在家里。"温斯顿坦白道。

"你在想什么，凯朵？"爸爸问道。一个想法开始在我的脑海里闪闪发光。"我认为这个问题可以通过巧妙的管道来解决。"

# 14

# 最后期限

帕特站在我房间的门口催我："凯朵，现在三点半了，你为什么还在躺着？你不用在四点之前提交积分表吗？"

"我还差五分。我还是待在家里吧。"

帕特坐在我的床上说："你一定要上交你的积分表。"

"为什么要找麻烦呢？"

"你怎么知道其他孩子会不会也缺积分呢？"

"那么就没有人能成为少年记者了。"

"或者他们可以让吉米·马荣再当一年。"

"真是个可怕的想法啊。"我抱怨道。

"如果大家分数一样呢？"帕特问，"你应该是唯一一个提供过犯罪线索的人。这肯定能帮你脱颖而出。"

我坐了起来。"你可能是对的，帕特！"我搂住了她，"谢谢！我最好再试试。"

"这才像我认识的凯朵。"帕特说着，抱了抱我。

我抓起积分表，跑向我的自行车。下坡的时候我进行了冲刺，因为运气好赶上了绿灯，顺利穿过了栗子大道，所以我很高兴。我左转，在繁忙的街道后面的小巷子里飞驰，正要骑上河边的车道，突然"砰"的一声，我的自行车向侧面打滑了。我下车检查后胎，爆胎了！怎么能这时候爆胎呢！如果我把自行车推回家，找到漏洞再补上得花上一个世纪的时间。再加上我还不擅长补自行车胎，怎么也得明天才能弄完。

我来回徘徊，疯狂地思考解决办法，头脑一片空白。"去他的！"我诅咒道。我把瘸腿的自行车停在电线杆旁，开始狂奔。当我沿着小路向河边大道跑时，我在一个车库旁边发现了一双溜冰鞋，是可调节大小的那种。一个穿着短裤的瘦

削的男孩儿正在挖洞。"嘿，孩子。"我喊道。他抬头看了
看我。

"什么事？"

"我能借用一下那双溜冰鞋吗？"

"当然可以。"他说着又继续挖洞了。

"哦，谢谢你，"我感激涕零地说，"钥匙在哪儿？"

"挂在车库门的钉子上。"他头也没抬地回答道。

我抓起钥匙，飞快地把溜冰鞋套在了马鞍鞋上。

"我用完会送回来的。"我喊道。

"我不在乎——反正是我妹妹的。"

我迈着沉重的步子滑了起来，觉得几乎不可能在碎石路上加速。我开始思考脱下来靠跑是不是会更快些。突然，我抬头看到马路对面有一条漂亮的新车道，我看了看两侧，飞快地滑过马路。

哇！太棒了。我像速滑运动员一样，身体微微前倾，迈着大步快速向前。在街区的尽头，我弯了弯膝盖然后向右转，滑到横穿艾米丽·卡尔公园的小路上。虽然这条路很平滑，但我把它当作一场真正的障碍赛，我避开了婴儿车、溜冰者、骑自行车的孩子和拄着手杖步履蹒跚的老人们。

"嘿，看路，孩子。"我冲过去时，一个女孩儿叫道。我不小心碰到了她的胳膊，把她带得像陀螺一样转了起来。

"对不起！"我边回头看边喊道。穿过公园之后，路变得颠簸不平，我前进得比蜗牛还慢。这时我发现了新的转机，我穿过了一个大停车场，再次达到了飞行速度。还有一条街就到了！红绿灯变成黄色时，我从马路牙子上飞奔下来，谨慎地穿过马路，爬上缘石坡道，滑进了《小镇报》的大门。我穿过大理石大厅，扑在前台上，坐了下来。

"凯朵，你没事吧？"朱迪大叫道。

我举着我的积分表问："我准时到了吗？"

"还差五分，对吗？"朱迪仔细地看了我的表格。我脱下溜冰鞋，双脚着地，感到很轻松。"稍等一下。你没算上狗狗的打油诗。"

"那没能上报。"

朱迪坐在办公椅上，滑到前台一个低矮的柜子旁。"虽然你没有得到奖品，但你的诗会和其他几首一起在下一期上报。"她打开了抽屉，看着名单说，"就在这儿。你猜怎么着，我要利用我作为《小镇报》员工特有的自由裁量权，授予你出版积分。"她草草写道：诗歌在儿童栏目上采用并出版，加三分。她用铅笔敲着桌子，盯着墙上的大钟。还差两分钟就到四点了。

我瘫倒在为访客准备的椅子上。

朱迪挨个儿念出积分项："志愿服务、社区善举、阅读、运动、写作……你知道吗，凯朵？"

我挺直了身板。她的声音听起来像是她想到了好主意。

"第一项是帮助有需要的人，对吧？"

"是的。"我肯定道，但并不知道她打着什么算盘。

"嗯，虽然我的岗位是初级记者，但他们整个夏天都让我做前台工作，唯一一次能做现场报道的机会还是关于一所幼儿园里暴发了腮腺炎主题的。只是因为我是个女孩儿。"

"我读了那篇文章！我不知道腮腺炎会引起这么大的轰动。"

"要感谢你，是因为如果不是你每天都带着故事和甜品一起出现在前台，我早就发疯了。"

"食物是妈妈给的。"我告诉她，我不想白拿妈妈的积分。

"所以，我要给你积分是因为你帮我度过了职业生涯中的艰难时刻。"就在时针指向四点的时候，我跳起来跑到前台，看着她在表里填好了我差的分数。

帮助弱势群体，得两分。

# 小镇报

### 少年记者大赛

# 积分表

姓名　凯朵·沃尔博

| 描述 | 积分 | 签名 / 印章 |
|---|---|---|
| ~~参加聚餐~~ | ~~2~~ | ~~玻安王~~ |
| 散发海报 | +1 | 艾德娜·罗森 |
| 阅读1本图书馆藏书 | 1 | 莱娜克 |
| 凯朵的照片登上报纸 | 1 | (印章) |
| 帮助老人 | 2 | 明子阿姨喵 |
| 在诊所做义工 | 2 | 维克托·怡包 |
| 游泳测试 | 2 | (印章) |
| 骑车去海防诊所救护3-8·卡尔布拉的猫 | 2 | (印章) |
| 遛狗·把狗丢了!!! | (-2) | 海伦·孔巴特 |
| 陈华 | 2 | 陈色多 |
| 发现条新闻线索! | 10 | (印章) |
| 又读完5本书 | 1 | 莱娜克 (印章) |
| 游泳的照片 | 1 | (印章) |
| 为莱斯报纸刊物投稿 | 2 | (印章) |
| 参加才艺表演 | 2 | 艾德娜·罗森 (印章) |
| 针对自燃领导投稿· | 3 | (印章) |
| 阅读1本图书馆藏书 | 1 | 莱娜克 |
| 帮布鲁尔·杨家运泥肥 | 2 | 布鲁尔·杨来五 (印章) |
| 帮猕·彼·怪桥队军团出收· | 3 | (印章) |
| 帮助拐羚羚群体 | 2 | (印章) |
| 总分 | ~~30~~ 35 | |

# 15

# 才艺表演和下任少年记者

才艺表演和揭晓下一任少年记者的夜晚终于到来了。露天舞台的临时顶棚上挂满了童话灯。随着黄昏的到来，星星开始闪耀起来。镇上所有居民都来看表演了。在舞台旁边，钢琴老师玛丽莲·梁坐在一架立式钢琴旁，已经准备好为表演者伴奏了。

伊娃的舞蹈班跳了一曲开场舞《别胡闹》。他们戴着小礼帽，穿着亮闪闪的衬衫。女生的百褶裙边和男生的裤脚边上都缝着金属亮片。我认得一些踢踏舞步，伊娃和她的同学们跳得非常好，上电视表演都没问题。

明子用婴儿车推着故事盒，马克西姆斯和阿拉贝拉坐在盒子上，穿着小和服。她通过敲打两根棍子来吸引大家的注意，邀请孩子们靠近。她给他们发了糖，然后一张一张地翻过卡片，开始讲起了故事，内容是两个老人因为没有孩子而伤心。后来有一天，他们发现河里漂着一个巨大的桃子。他们切开桃子准备吃的时候，一个男婴跳了出来。

"听起来有点儿像我们。"爸爸说。

"但我们生的是两个可爱的女儿。"妈妈说。

他们都笑了。

一个穿着短裤，头上缠着头巾的家伙用空手道击碎了一块、两块、三块木板。

当他迅速摘下他的头巾给大家鞠躬时，我惊讶地发现他是猫和老鼠咖啡馆的老板。他总是坐在收银机前给吃完派的客人结账。大家私下里的业余爱好真是让人大吃一惊。

温斯顿弯下腰，抿着嘴角低声说："我敢打赌，那些木板早就被锯成两半了。"

后来儿童唱诗班进行了表演，一个叫"甜美的艾德琳"

的女团演唱了《理发店四重唱》——不过她们不止四个人。再之后，一个孩子表演了魔术。温斯顿说他在笑话商店里见过全部戏法。孔雀先生朗诵了《山姆·麦吉的火葬》。我在课堂上就听过他的朗诵，但第二次听还是感到很兴奋。

"别再重复读了，"温斯顿低声说，"他可能只知道这一首诗吧。"

当一个家庭表演杂耍时，我们《星际盛会》的所有参演人员都起身轻轻地走到露天舞台旁边的大树下，我们把星球道具堆在了这里。星云和帕特已经换好了衣服，在戏服外面披上了浴袍。温斯顿脱下了外面的衣服，露出海军蓝牛仔裤，我帮他把掉下来的星星重新粘了上去。我穿着红色的紧身裤，橙色的 T 恤，还把我的旧运动鞋涂成了红色，好和我的土星圆环道具搭配，小天狼星给大家分发了用纸板做成的天体。小矮星穿着黄色的连体裤，头上戴着一顶羊毛帽子，前面贴着一颗毛毡星星。各种各样的哮天犬戴着纸做的狗耳朵，身上挂着画有太阳的道具牌。温斯顿的母亲在他们每个人的脸上都画了黑鼻子和胡子。

在杂耍演员们结束表演后，有一小段中场休息时间。观众席上的大人们在聊天，孩子们在草地上跑来跑去。似乎没有人注意到一个巨大的地球正在进入舞台。我们躲在树后，看到妈妈在道具后面移动，神情严肃，但从观众的角度只能看到星球下面有一双脚在快速移动。妈妈在露天舞台楼梯旁边的格子门前停下了脚步。地球紧张地震动起来。这时格子门开了，一个叔叔迅速推出了一个厨房洗碗台，宽度刚好够放满是泡沫和碗碟的水槽和一个碗碟干燥架。这是最出类拔萃的管道系统了。

　　水槽上方支了一个麦克风架。"好了，康妮，开始洗吧。"

他低声说。

在艾德娜的暗示下，我们举着纸板做的天体穿过草地，爬上楼梯，像彩排时那样摆好姿势。我们像是在上演一部老电影里华丽的舞蹈片段一样。"我比巴斯比·伯克利更胜一筹。"艾德娜彩排的时候一边指导我们一边笑着说。

我们站在楼梯上，举着行星道具等待上台。场面忽然一片寂静。只能听到细微的叮当声和洗碗声。听众们开始躁动不安，低声嘀咕着。艾德娜向叔叔们做了个转圈的手势，叔叔们点了点头，开始拉顺着树干向上的滑轮绳。小天狼星扮演灿烂的月亮，从壳形屋顶上面的树枝上缓缓落下来。在一片欢呼声和自发的掌声下，响起了一阵平缓却丰富的音乐哼唱声。艾德娜示意我们出发，我们排队走上舞台。美妙的钢琴曲《带我飞向月球》的前奏轻轻开始了，刚开始妈妈仿佛有些迟疑，后来低声哼唱转变成了轻轻的吟唱："喔……月亮……喔……星星……喔。"歌声慢慢变得响亮起来，琴声也随着旋律增强了力度。然后，妈妈美妙的声音爆发了出来，填满了整个公园。等我再往外偷看时，地球已经在跳舞了。

我很高兴在那之后一切都很顺利，但我绊了一跤，星球道具掉在了地上。我再举起来的时候，砸到了自己的鼻子上。温斯顿在木星道具后面看不见，往前走时撞到了我的背上，我们俩都跌倒了。人群中一片欢腾，太阳道具后面传来帕特无奈的笑声。

"起来，你们两个！"艾德娜嘘声说道。我们摇摇晃晃地站了起来，我想把我的星球道具捡起来，但温斯顿踩到了它，我又跌倒了。

爸爸伸出他的大手把我扶了起来。"哎哟，宝贝。"他低声说。

让我惊讶的是，整个表演中，星云非常耀眼。她在舞台上旋转，闪闪发光的轻纱依次轻抚每一个天体。她的动作流畅自如，面庞上流露出一种超凡脱俗的美。她的四肢优雅地移动着，就像水流过舞台一样。我惊讶地看着她。我熟悉的那个傻乎乎的少女哪儿去了？舞台上的她像另外一个人。

曲终时，我们都站在楼梯上谢幕，人们鼓掌赞赏我们的表演。艾德娜伸出手向帮忙拉车的叔叔们表示感谢，他们微笑着鞠躬。她伸出另一只手，小天狼星从舞台后面走了出来，他甚至还在微笑。当地球转身挥手时，人群中爆发出欢呼声。

演出结束我们下台后，星云哭了起来。

艾德娜用双臂抱住了她："很激动人心，是吗，宝贝？"

令我震惊的是，妈妈也哭了，帕特跟着哭了，接着我也哭了。

"你成功做到了，康妮！"爸爸龇牙笑着说。

＊＊＊＊＊＊

我们又都回到了观众席。明子、我们家和罗素家都坐在一起。温斯顿在草地另一边和他的家人坐在一起。才艺表演结束后就轮到了宣布下一任少年记者的时间。我扭动着身子，双手揪着 T 恤。

梅尔巴·辛格走上了舞台。"大家好。刚才的表演非常完美。凯蒂莱维小镇的居民真是多才多艺。"观众们又鼓掌欢呼起来，"现在，我们要宣布谁将成为下一任少年记者，这也是今天的重磅节目。你们当中很多人可能已经注意到了，在这个夏天，孩子们在努力赚取积分，他们积极主动地参与志愿活动、帮助老年人，不遗余力地发表文章。当我们挑选少年记者的时候，我们的目标对象需要成绩优秀、富有

文采、满怀热情，关心市民的日常生活，并积极参与社区活
动。我们认为我们选出的这位年轻的小伙子身上，充分体现
了上述品质。"

"年轻的小伙子？"我的心一沉。

"他成绩优异，是《小镇报》游泳班的毕业生，还是一
名青少年高尔夫球手。他是《小镇报》的疯狂爱好者，还是
一名童子军，甚至他最近还参与撰写了一篇新闻报道。"

听起来相当像温斯顿，不过我认识的那个温斯顿不是青
少年高尔夫球手。

我扫视着坐在草地上的人们，看到温斯顿和他的家人坐
在一起。当我向前探身想要吸引他的目光时，梅尔巴·辛格
喊道："温斯顿·崔！"有两个温斯顿·崔吗？然而温斯顿——
我认识的那个温斯顿——站了起来。他的父母也站了起来，
拥抱着他，拍着他的背，周围响起了热烈的掌声和欢呼声。
他在爸爸身边偷偷看了看我，然后睁大眼睛，好像在说："我
也很惊讶。"但我只想怒视他。为什么他和我说他不想做少
年记者？我的耳朵越来越热——可能要冒烟了。

温斯顿整个夏天都在偷偷地和我竞争！

"你这个骗子！"我意识到我可能大喊出来了，因为爸

爸、妈妈和帕特都转过身来，震惊地看着我。他知道我想成为少年记者，但他一直在我背后偷偷努力。

"叛徒！"我喊了出来。

"嘘！"爸爸、妈妈和帕特发出震耳欲聋的嘘嘘声。妈妈俯下身，小声严厉地说："凯朵，你不小了，不该因为没获胜就发脾气。"

"你要试着为他高兴。"明子在我另一个耳朵旁说。

"体育精神，凯朵！"帕特从另一边探过身子小声说。她恳求地看着我，抓起我的手，捏了一下，"他是你的朋友。"

"现在不是了！"

爸爸也凑到妈妈旁边，轻轻地握住了我的肩膀："爱他的茧子，凯朵，接受他的一切。"我叹了口气，心软了一点儿。我又看了看温斯顿，他脸红了，头发从没这么翘过。他的父母还在抱着他，他的弟弟、妹妹边跳边鼓掌，疯狂地用小孩子的声音尖叫着。我觉得他们年纪太小，压根儿不知道发生了什么事。

梅尔巴·辛格继续对着麦克风讲话："但撰写常规专栏文章是一项相当大的挑战。尽管现任少年记者完成得很好，保持了超高水准产出，但大多数学生仍然感觉这是一项艰巨的任务，尤其是当他们面对一大堆学术作业、课外和家庭活动的时候。所以今年我们想尝试一个新颖的方式，让两位少年作家共同担任少年记者的职务。"

人们感到惊讶，开始窃窃私语。我还没来得及消化她的话，她又继续说道："对于杰出少年记者组合的第二位人选，我们要挑选的是一位充满激情的同学，她是《小镇报》的忠实粉丝，对小镇的新闻充满热情。她富有冒险精神，追求真理，她就是——凯朵·沃尔博。现在请两位同学上台。"

我惊呆了。

"快去，凯朵。"爸爸轻轻地推了推我，"快合上你的嘴，不然虫子会飞进去的。"

我跌跌撞撞地走向舞台，越过人们的腿和地上的野餐食物。人们在我经过时轻拍了我。温斯顿从观众席的另一边走过去。我们走上台后，梅尔巴·辛格说："评委们认为你们的新闻报道样本写得很好，所以我们决定同时将职位授予你们两个。你们愿意接受联合职位吗？"

温斯顿看着我，眼里充满了疑问。

"你怎么没告诉过我你是青少年高尔夫球手？"我嘟囔着。

"你没问过。"他低声回答。

我在心里记下更多疑问准备回头问他。这时我抬头看着梅尔巴·辛格说："我们很开心。"

我说这句话的时候突然意识到，我的确很开心。

"我们会是一个很好的团队。"温斯顿说。

"我愿意。"我们齐声说。

******

风把树叶吹落在人行道上。竟然有很多树叶已经变成棕色的了。现在才九月初，树叶已经开始凋零了。我骑车平稳地拐过弯，上了藤蔓路，然后沿着河边大道骑行。山坡上的草是淡金色的，高高的草随风晃动。水面波光粼粼，晴天的时候它能映照出蓝色的天空，但今天是多云天气，头顶灰蒙蒙的。

明子在她家门前的小路上等着我。她指着卷进我自行车辐条上的棕色叶子说："快到秋天了。"

"是啊，简直不敢相信。"我说着把自行车锁在了栅栏上，然后拿起她的背包往里面看。和往常一样，里面有在图书馆借的书和抽绳购物袋，还有用格子餐巾包着的食物，香味扑鼻。我拉上背包的拉链，甩到肩膀上背着。我们走着走着，我问她："你知道我因为帮助你获得了社区积分吗？"

明子点点头。

"照这个道理，我认为你为我做的一切也理应得到社区积分。"明子笑着说，"谢谢你，凯朵。"

我们继续走着，看着树叶从树上飘落下来。一群加拿大鹅排成 V 形鸣叫着从我们的头顶飞了过去。

"《小镇报》的布莱尔·格莱吉采访过你吗？"我问。

"没有，他一直没联系我。"

"我就知道。温斯顿和我——我们是否可以代表《小镇报》采访你？"

"我很乐意。"明子说。

我们转过拐角，温斯顿正在图书馆的台阶上等我们。我们走近时，他站了起来。我打开餐巾，拿出香气四溢的食物，里面包着刚烤好的三块曲奇。我拿了一块给明子，一块给了温斯顿，最后咬了一口我的那块，发现它外壳酥脆，里面有香甜的柠檬味。

"我觉得这是你做过的所有曲奇里最棒的配方，明子。"

"太完美了。"温斯顿表示赞同。

"是的，"她边吃边意味深长地说，"我想我会把它命名为'少年记者'。"

全文终

# 致谢

在此，我想向一位才华横溢的加拿大小说家——卡罗琳·艾德森表达我的感激之情。她在我写作本书的过程中给予了我巨大的帮助。从始至终，卡罗琳都很懂我，她不仅慷慨地与我分享各个方面的深刻见解——喜剧节奏、戏剧手法和叙述结构等，还毫不吝啬对精妙情节的赞美之词，甚至会在读到有趣的部分时笑得合不拢嘴。我非常感激她。谢谢你，卡罗琳。

# 关于作者

读书、骑自行车和做手工是辛西娅长期以来的爱好。在写作和画插画的重要工作之余，她还会做很多其他的事情，比如在社区乐队演奏小号（她吹得很不错）、做木工，以及开发 iPad 软件。最近她在忙着织袜子，在院子里的花盆里种吃的，绘制图书预告，教授绘本绘画，参加环保游行。

她写的书有时会获奖，偶尔也会获得一些不太好的评论，让人看后想躲进被子里痛哭。

辛西娅住在温哥华，和她的小猫米特一起生活。

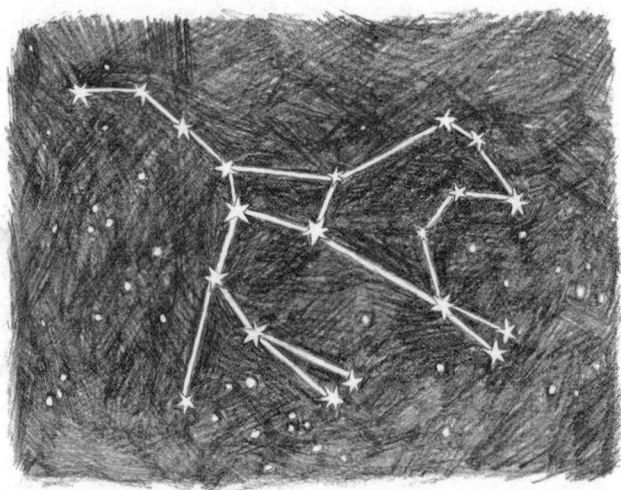